Coordinació editorial: M.ª Carmen Díaz-Villarejo
Disseny de col·lecció: Gerardo Domínguez
Maquetació: Espacio y Punto, Impresia Ibérica
Il·lustracions: Miguel Navia
Traducció al català: Maria Camps
Títol original: *Mari Pepa y el club de los Pirados*

c/ Capitán Haya, 1 - planta 14. Edifici Eurocentro
28020 Madrid (ESPANYA). Telèfon: (+34) 91 524 94 20

GRUPO MACMILLAN: www.grupomacmillan.com

Primera edició: març, 2009
Segona edició: març, 2012

ISBN: 978-84-7942-399-5
Imprès a la Xina / *Printed in China*

www.macmillan-lij.cat
www.miraquienlee.com

Alfredo Gómez Cerdá

LA MARI PEPA I EL CLUB DELS TOCATS DE L'ALA

Il·lustració de
Miguel Navia

MACMILLAN
Infantil i Juvenil

Per a en Marcos, que un dia
també es farà preguntes
difícils de respondre.

1 Pell groga

Va acabar d'eixugar-se i, com que va notar una mica de fred, es va embolicar amb la tovallola. Li encantava la suavitat i l'olor de la tovallola. Es va acostar al mirall, que en algunes zones estava entelat i en d'altres no, com un cel esquitxat de núvols de cotó. Es va quedar immòbil al davant i va observar el seu reflex, que s'anava aclarint a poc a poc. Li feia gràcia descobrir el seu rostre i part del seu cos, com si apareguessin enmig de la boira que el sol del matí començava a desfer.

"Aquesta sóc jo –va pensar–. Aquests cabells tan negres i tan llisos són els meus cabells. Aquesta cara arrodonida és la meva cara. Aquest nas tan petit és el meu nas. Aquesta és la meva boca somrient, aquestes són les meves galtes vermelles, aquest és el meu front ample... I aquests ulls petits i oblics són els meus ulls."

Després, es va observar amb més detall. Fins i tot, va acostar la cara al mirall per veure's més bé. Finalment, va deixar que la tovallola caigués a terra i va mirar-se el cos. Va fer que no amb el cap amb un gest molt segur.

"No tinc la pell groga. Groga és la pell d'una llimona. Grogues són les plomes del canari de la veïna de dalt. Groga és la samarreta de la selecció brasilera de futbol. La meva pell... és diferent, sí, però no és groga."

Com que era molt fredolica va notar que se li començava a posar la pell de gallina.

"Pell de gallina! Pell groga de gallina! Pell de gallina groga!"

Va començar a vestir-se molt de pressa amb la roba que havia deixat en un dels penjadors del bany i que poc abans, no sense feina, havia triat entre la que li omplia l'armari fins dalt.

Finalment, es va rentar les dents, es va tirar un raig d'aigua de colònia i es va pentinar amb els dits. Tenia uns cabells tan llisos i agraïts que no necessitava ni pinta.

Abans de sortir, va tornar a acostar-se molt al mirall i, amb les dues mans, es va agafar les parpelles i les va estirar cap amunt, intentat que els ulls se li obrissin al màxim. Però quan les va deixar anar, els plecs de la pell van tornar a caure-hi a sobre, fent-los petits i allargats.

—Mari Pepa –va dir en veu alta–. Mari Pepa Gràcia Peris. Aquest és el meu nom. La meva mare es diu Maria i el meu pare, Pep. Per això no van haver de pensar gaire per trobar un nom per a mi. No conec cap nena que es digui com jo, fins i tot a algunes persones els fa gràcia que em digui així. La meva professora de Llengua em va dir un cop que el meu nom ja semblava antic. No sé per què. Jo no el canviaria per cap altre.

Es va posar un passador als cabells, per sobre del serrell arrodonit, cap a un lateral. No li agradava i el va canviar de lloc. Tampoc no li va agradar i finalment va decidir que no se'l posaria.

—Mari Pepa! –va exclamar, i es va mirar fixament al mirall, com si volgués dir-se alguna cosa molt important–. Com pots dir-te Mari Pepa Gràcia Peris i tenir aquesta cara de xinesa!

Algú va intentar obrir el bany des de fora. Com que no ho va aconseguir, va picar diverses vegades a la porta amb els punys.

—Per què et tanques al bany? Quina mania que t'ha agafat! Va, afanya't o arribaràs tard a l'escola.

—Ja surto, mare –va respondre la Mari Pepa.

Un cop a la cuina, on esmorzava cada matí, es va endur una sorpresa. Al costat de la seva tassa de llet amb cacau i de les dels seus pares amb cafè, al centre de la taula, hi havia una safata plena de xurros. N'hi havia per llepar-se'n els dits.

—El pare ha baixat a comprar-los –li va dir la seva mare.

Li encantaven els xurros. Per això es va llançar als braços del seu pare i li va fer un petó ben fort.

—Gràcies, pare.

Quan s'estava menjant el tercer xurro va recordar una conversa que havia tingut el dia anterior a la sortida de l'escola amb dos nens d'una altra classe, que només coneixia de vista.

—És veritat que els xinesos mengen gossos? –va preguntar.

—On has sentit això? –el pare li va respondre amb una altra pregunta.

—M'ho van dir dos nens de l'escola.

El pare va encongir les espatlles eloqüentment.

—Bé, nosaltres mengem vaques, anyells, conills, pollastres... I fins i tot cargols.

—I els xinesos mengen xurros?

—Segur que no.

Llavors la Mari Pepa es va dir que no en tenia cap dubte: no era xinesa. No podia ser-ho dient-se Mari Pepa Gràcia Peris i esmorzant xurros. Però alhora que pensava això, va recordar la seva cara al mirall del bany: els seus cabells tan llisos, el seu nas xato, els seus pòmuls grans, els seus ulls allargats...

—Digueu-me coses de color groc –va proposar als seus pares.

—Doncs... la pell d'una llimona –va dir el pare.

—El canari de la veïna de dalt –va afegir la mare.

—La samarreta de la selecció de futbol del Brasil –va continuar el pare.

I no van saber dir més.

—És que no hi ha més coses grogues? –es va molestar la Mari Pepa–. Aquestes ja se m'havien acudit a mi.

El pare i la mare es van mirar i van arronsar les espatlles.

En aquell moment a la Mari Pepa li van entrar ganes de fer als seus pares aquelles preguntes que ja els havia fet altres vegades, i a les quals ells havien respost amb tot tipus d'explicacions. Qui sóc jo? Quin és el meu país? A quin món pertanyo?

Sabia de sobres que els seus pares l'havien adoptat quan només tenia uns mesos de vida, que havien hagut de fer molts tràmits molt pesats, que havien anat a la Xina diverses vegades, que van organitzar una festa quan per fi van poder portar-la, que l'estimaven més que res al món... Tot això ho sabia. I també sabia que adorava els seus pares i que ja no podia entendre la vida sense la seva companyia i el seu afecte.

Ho sabia, però últimament no feia més que fer-se preguntes i més preguntes. I en el fons li feia ràbia preguntar-se tantes coses. Era més feliç quan no es feia preguntes. Va pensar que potser tenia a veure amb l'edat. Ja havia fet deu anys. La seva mare solia explicar moltes coses afirmant que eren pròpies de l'edat. Hauria d'informar-se de les coses pròpies d'una nena de deu anys, així res no l'agafaria per sorpresa. El pitjor era que si les preguntes augmentaven amb l'edat, no volia ni pensar què seria la seva vida quan tingués quinze o vint anys.

La seva mare va picar de mans i va sortir de la seva abstracció.

—Baixa dels núvols, Mari Pepa.

—No sóc als núvols –va protestar ella.

—Doncs si no t'afanyes arribaràs tard a l'escola.

La Mari Pepa va fer un glop de llet i després es va quedar mirant la safata. Encara quedaven quatre xurros. No va tenir temps ni de pensar-ho, la mà li va sortir disparada i es va apoderar d'un.

—I si continues menjant xurros, et farà mal la panxa.

Van sortir de casa tots tres plegats.

L'horari de la botiga on treballava la seva mare pràcticament coincidia amb el de l'escola. I el seu pare, com que era comercial, treballava visitant clients, per la qual cosa el seu horari era diferent cada dia.

Poques vegades sortien tots tres junts de casa i, quan això passava, la Mari Pepa es posava molt contenta. No sabia explicar el perquè, però li encantava caminar pels carrers del barri, amb la motxilla carregada de llibres a l'espatlla, agafada de les mans dels seus pares. El contacte li transmetia seguretat, confiança i, sobretot, afecte.

—Una amiga meva s'ha apuntat a unes classes de ball –els va dir de sobte.

—Que bé! –va exclamar el pare–. T'agradaria apuntar-t'hi?

—Sí –va respondre amb resolució la Mari Pepa, sense dubtar-ho–. M'agradaria ballar sardanes. M'encanten les sardanes!

Després, es va quedar una estona en silenci, pensativa. Un altre cop la van assaltar aquelles preguntes que ja estaven començant a obsessionar-la. Un raonament es va imposar als altres, semblava molt clar i contundent. Ho va expressar en veu alta, gairebé sense adonar-se'n.

—Com puc ser xinesa si em dic Mari Pepa Gràcia Peris, m'encanten els xurros i vull aprendre a ballar sardanes!

Els pares la van mirar i després van intercanviar una mirada entre sorpresa i desconcertada.

—Hi ha res que et preocupi? –li va preguntar la mare.

—A més a més, no em menjaria un gos per res del món –va concloure la Mari Pepa, rotunda.

A la porta de l'escola es va trobar un grup de nens i nenes de la seva classe. En veure-la, tots van començar a cridar ben fort:

—Mari Pepa!!!

Ella va córrer a trobar-los i, animadament, van començar a parlar de moltes coses, saltant de l'una a l'altra sense ordre ni concert. Coses de l'escola, coses del barri, coses que havien vist a la tele la tarda anterior... Les seves converses contribuïen a augmentar la cridòria del pati de l'escola minuts abans de l'entrada.

Quan anaven cap a classe, li va cridar l'atenció un cartell que algú havia posat al tauler d'anuncis, aguantat amb unes xinxetes. Encara que es tractava d'una fotocòpia de no gaire bona qualitat, s'hi distingia un gos camacurt i allargat. Sortia de perfil, encara que tenia el cap girat cap a la persona que se suposa que l'havia fotografiat. A la part de dalt, a sobre de la imatge de l'animal, hi havia escrites dues paraules: *ES BUSCA*. I a sota, una llegenda que deia això: *PERDUT GOS*

DE RAÇA TECKEL ALS VOLTANTS DE L'ESCOLA, ES GRATIFICARÀ QUI EL TROBI. I al final s'incloïen dos números de telèfon, un de fix i un de mòbil.

Un dels seus companys se li va aturar al costat i també va mirar el cartell.

—Estarà molt espantat, el pobre –va comentar.

—Sí –la Mari Pepa va refermar la seva afirmació amb un moviment de cap.

—T'agraden els gossos?

—No em menjaria un gos en la vida! –va respondre ella amb decisió.

El nen la va mirar molt sorprès i se'n va allunyar sense entendre res. Quan ella va voler reaccionar ja l'havia perdut de vista.

Després, va començar a pensar coses rares, com que aquell gos de raça teckel no havia desaparegut, sinó que algun xinès l'havia segrestat per fer-se un estofat amb patates. Els seus pensaments li van semblar repugnants i va arrencar a córrer darrere els seus companys, que ja s'allunyaven per un dels passadissos.

—Avui he esmorzat xurros –va dir quan els va atrapar–. M'encanten els xurros.

Durant la classe no va poder concentrar-se en les explicacions de la professora, perquè el seu cap, alterat i inquiet, feia salts d'una banda a l'altra. Recordava la seva cara al mirall del bany. Després s'imaginava un plat amb una muntanya de xurros. Després veia un teckel camacurt fugint aterrit pels carrers del barri. Finalment, va escriure el seu nom en un full en blanc de la llibreta, com si es volgués convèncer a si mateixa que es deia així.

MARI PEPA GRÀCIA PERIS.

I de sobte, va tenir una idea.

Va passar amb decisió el full de la llibreta i al següent, que també estava en blanc, hi va començar a escriure. Però abans, va treure de l'estoig un retolador de traç gruixut i de color negre. Volia que es veiés molt bé el que hi posaria.

Va fixar-s'hi molt perquè les lletres li sortissin clares i, perquè cridés més l'atenció, ho va escriure tot amb majúscules. Cada lletra era un autèntic repte i cada paraula un triomf. Quan va veure el cartell acabat va pensar que no ho podria fer millor encara que ho repetís vint vegades.

A la part de dalt, al centre, amb lletres grans i majúscules, a manera de capçalera, havia escrit:

ES BUSCA

I sota, amb lletres lleugerament més petites, però no per això menys rotundes, podia llegir-s'hi això:

PERSONES QUE SÀPIGUEN EL QUE SÓN
PERQUÈ M'AJUDIN A MI A DESCOBRIR-HO

I més avall encara, amb lletres minúscules i atapeïdes, perquè l'espai del paper s'acabava, posava:

A les cinc a la plaça de l'Arbre Solitari
(al costat de la font)
SIGNAT: Mari Pepa

Va haver d'esperar fins a l'hora del pati per completar el seu pla. Quan va sonar el timbre no va sortir disparada cap al pati, com les altres vegades, sinó que es va quedar asseguda fins que els altres nens van sortir de l'aula. Només llavors va arrencar amb cura el full de la llibreta i sense doblegar-lo, el va agafar amb les dues mans com si tingués por de perdre'l, va sortir de classe i es va encaminar cap a la porta d'entrada.

En aquells moments allà no hi havia ningú, i se'n va alegrar, perquè així evitaria xafarderies. Va anar cap al tauler d'anuncis i va buscar un buit per posar el seu cartell. Va haver de moure altres papers, però al final va aconseguir un espai més que suficient. Va agafar quatre xinxetes lliures que hi havia clavades al suro i el va fixar amb decisió.

—Perfecte! –va comentar entre dents.

Es llegia amb claredat el que havia escrit i, a més a més, el traç gruixut del retolador que havia fet servir feia que el seu cartell destaqués entre els altres. Va pensar que es veia fins i tot millor que el del gos teckel desaparegut.

Satisfeta, va arrencar a córrer cap al pati. Estava segura que els seus companys haurien començat a jugar un partit de futbol, com gairebé cada dia. No volia perdre-se'l. Li encantava el futbol i, a més a més, era la millor defensa central de la classe. Tots ho reconeixien.

Li agradava recordar una frase que havia sentit un comentarista de televisió mentre retransmetia un partit de futbol i que feia referència precisament al defensa central. “És una muralla infranquejable”, havia dit aquell comentarista.

—Sóc una muralla infranquejable! –va cridar als seus companys en incorporar-se al partit, que acabava de començar.

I després es va quedar pensant en les seves paraules. Va recordar llavors que era a la Xina on hi havia una de les muralles més famoses del món. Per què havia hagut de comparar-se amb una muralla? La muralla xinesa! No li agradaria que els seus companys li posessin aquell malnom. “Mari Pepa, *la Muralla Xinesa*”.

En aquell moment va veure com s'acostava un davanter de l'equip contrari amb la pilota controlada. Ella era l'última defensa. Si la superava es plantaria sol davant del porter, i aquell noi era dels que xutava més bé, amb força i col·locació. Decidida, va córrer a trobar-lo, va estirar la cama i va tallar-li l'avanç. Van acabar tots dos per terra.

—Penal i expulsió! –va cridar el davanter des de terra, indignat per l'entrada.

—S'ha deixat caure! Ni l'he tocat! –va cridar ella, fregant-se el genoll, que li feia una mica de mal.

“La Muralla Xinesa!”, pensava la Mari Pepa, encara que no s'atrevia a dir-ho en veu alta. Els dos equips s'havien embrancat en una discussió impossible per determinar si l'entrada havia estat penal o no.

2 Més negre que el carbó

A les cinc en punt de la tarda, la Mari Pepa era a la plaça de l'Arbre Solitari. Ja feia una estona que hi era, fent voltes a la petita plaça, observant totes aquelles coses que tantes vegades havia vist: els bancs de fusta, els fanals amb papereres abraçades a la seva cintura, els ocells que bevien aigua en un bassal al costat de la font, l'home gran que dormisquejava amb el diari entre les mans... I al centre el gran arbre, el vell àlber d'escorça rugosa que estenia les seves branques frondoses sobre la plaça, com un paraigua verd immens.

Els seus pares li havien explicat moltes vegades que a la plaça de l'Arbre Solitari havia fet els primers passos. La seva mare s'asseia en un dels bancs i l'aguantava entre les cames. Llavors el seu pare se separava uns metres i s'ajupia, estenent els braços cap a ella.

—Vine amb el pare, Mari Pepa.

I d'aquesta manera, titubejant, va començar a caminar sense ajuda i va aconseguir fer quatre passes fins als braços del seu pare, que la va aixecar i la va omplir de petons. La seva mare es va aixecar del banc sorpresa. Es van abraçar tots tres.

Coneixent com coneixia els seus pares, segur que van començar a plorar d'emoció. I ella, com si estigués intuint que es tractava d'un gran moment, devia haver picat de mans i somrigut amb dents acabades d'estrenar.

Va pensar un cop més que tenia els millors pares del món. Amb ells se sentia estimada i protegida. Sabia que l'estimaven per sobre de tot. Era molt feliç al seu costat, a casa seva, al seu barri, a la seva escola, a la plaça de l'Arbre Solitari, que era tan prop d'on vivien i on havia après a caminar... Era molt feliç en aquell trosset de món, que era el seu món. No ho canviaria per res.

Va pensar llavors en el cartell que havia col·locat al matí al tauler d'anuncis de l'escola i es va preguntar per què ho havia fet. No va trobar una resposta. En aquell moment li va semblar una contradicció el que havia escrit en aquell paper. Si se sentia tan feliç no tenia necessitat descobrir res més.

—Sóc la Mari Pepa Gràcia Peris –va murmurar perquè ningú pogués sentir-la–. Sóc la filla de la Mari i d'en Pep, casa meva és ben a prop d'aquí, també és a prop la meva escola, al barri hi viuen tots els meus amics, en aquesta plaça vaig començar a caminar, m'encanten els xurros, aprendré a ballar sardanes, jugo al futbol de defensa central... La *Muralla Xinesa!* Tot tindria sentit si als matins, quan em miro al mirall del bany, no descobrís la cara de xinesa que tinc.

Es va acostar al banc més pròxim a la font i es va mirar el rellotge. Eren les cinc i set minuts. Va recordar llavors que els nens de l'escola mai s'aturaven a mirar el tauler d'anuncis. Estava convençuda que ningú no s'hauria fixat en el full de paper que havia aguantat amb xinxetes. Va pensar que, en el fons, seria el millor i que l'endemà, quan arribés, l'arrencaria i el llençaria a la paperera. No valia la pena.

Va decidir marxar. Però no havia acabat de fer el primer pas quan va sentir una veu darrere seu.

—Tu ets la Mari Pepa?

Es va girar immediatament. Darrere seu va descobrir un nen més o menys de la seva edat. No era de la seva classe, però sí de l'escola. Fins i tot portava la motxilla plena de llibres a l'esquena. Mai abans hi havia parlat, però la seva cara era de les que no s'obliden fàcilment.

—Sí –va respondre.

—Jo em dic Joan Antoni Llopis Sans, però tots em diuen Joanan.

Només va fer falta que aquell nen pronunciés el seu nom i els seus dos cognoms perquè la Mari Pepa s'adonés del que passava. El va mirar uns instants i li va somriure.

Ell va somriure també, deixant veure una dentadura gran i blanca, relluent, que contrastava amb el color fosc de la seva pell. Els ulls negres d'en Joanan li brillaven tant com les dents.

—He llegit el cartell que has deixat al tauler d'anuncis –va comentar ell.

—Em pensava que ningú es fixava en aquest tauler d'anuncis.

—Mai no m'hi havia fixat fins avui.

—Quina casualitat!

—Sí, quina casualitat!

I en Joanan va tornar a riure, i va contagiar immediatament la Mari Pepa. La seva rialla era molt espontània i sincera. Semblava que reia amb tot el cos, no només amb la boca.

—D'on ets? –li va preguntar de sobte la Mari Pepa.

—D'aquí.

—Jo també.

—Però vaig néixer a Etiòpia.

—Jo, a la Xina. Et van adoptar?

—Sí, quan era un nadó.

—I és clar, suposo que et passarà el mateix que a mi. Et mires al mirall i et preguntes com és possible dir-se Joanan Llopis Sans i...

—... i ser més negre que el carbó.

En Joanan va completar la frase mentre la seva boca dibuixava un somriure d'orella a orella. Després, com si estigués esperant alguna altra cosa, es va quedar mirant amb atenció la Mari Pepa. Ella no sabia què fer ni què dir. Només pensava que el seu pla havia resultat un fracàs del tot.

El que no acabava d'entendre era per què en Joanan havia acudit a la cita. Per això li va preguntar:

—Per què has vingut llavors?

—He llegit el cartell i...

—Però si has llegit bé el cartell, deus recordar que jo buscava el contrari –el va interrompre ella.

—En llegir-lo, m'he adonat que estaves buscant el mateix que jo. He pensat que si tu trobaves una resposta també em serviria a mi.

—Ep! Ets un aprofitat.

—Sí.

En Joanan va arronsar les espatlles, com donant a entendre que no hi havia pogut fer més, i va ampliar fins i tot més el somriure que en cap moment se li havia esborrat de la cara.

Durant uns segons es van quedar indecisos. No sabien si acomiadar-se i marxar cadascú cap a una banda, o si continuar parlant, o si esperar plegats si arribava algú més... Finalment, es van asseure al banc de fusta. En Joanan es va despenjar la motxilla que portava a l'esquena i la va deixar a terra.

—Visc aquí a prop –va dir finalment la Mari Pepa, trencant un silenci que començava a resultar-li incòmode.

—Jo també –va afegir en Joanan–, encara que gairebé mai vinc a aquesta plaça.

—Doncs jo vaig aprendre a caminar entre aquests bancs.

—Jo ho vaig fer al passadís de casa meva, que és molt llarg. El meu pare m'aguantava en una punta i la meva mare em cridava des de l'altra.

—Ho recordes?

—No, m'ho han explicat ells moltes vegades.

—A mi també m'ho han explicat.

Dos pardals van volar fins a terra, no gaire lluny d'ells, i van començar a arrebossar-se a la sorra, com si es banyessin. Es movien molt ràpid. Miraven nerviosos a tot arreu, com si tinguessin por d'algun perill, i quan s'asseguraven que no n'hi havia cap, es cargolaven i es rebolcaven durant uns segons, aixecant un núvol de pols petitó.

La Mari Pepa i en Joanan se'ls van estar mirant, sense moure's per no espantar-los. Sense parlar. Somreien i es miraven de reüll, complaguts pel tràfec dels ocellets. Només quan aquests es van espolsar les plomes i es van posar a volar, van continuar xerrant:

—No vindrà ningú –la Mari Pepa va mirar al voltant i va negar amb el cap.

—Què fem llavors? –va preguntar en Joanan.

—Res. Tornar a casa. Demà trauré el cartell del tauler d'anuncis.

La Mari Pepa observava en Joanan i li cridava l'atenció el seu somriure, que no s'esborrava ni un instant de la seva cara. Últimament a ella no li agradava riure, perquè s'havia adonat que quan reia els seus ulls gairebé desapareixien entre els plecs del seu rostre. Els d'en Joanan, en canvi, semblaven engrandir-se més i brillaven d'una manera molt intensa.

—Quina sort que tens –li va dir.

—Per què? –es va estranyar ell.

—Els teus ulls es fan més grans quan rius.
—Els teus no?
—No. A mi se'm posa cara de ratolí.
—De ratolí?

Ella no podia treure's del cap un ratolinet xinès que sortia en una sèrie de dibuixos animats per la televisió i que, el molt ximple, no parava de riure en cap moment. Quan ho feia, els ulls se li feien petits fins que es convertien en dues ratlles.

A dos quarts de sis tocats, van decidir marxar. Es van aixecar alhora i es van disposar a marxar de la plaça i a deixar de banda la seva petita aventura. Van començar a caminar, allunyant-se del banc i de la font. Van vorejar una bardissa d'olivereta i es van aturar un instant per acomiadar-se.

Va ser llavors quan en Joanan va veure una cosa estranya. Es va acostar a la bardissa, es va ajupir una mica i va apartar unes branques amb les mans.

—Aquí hi ha una maleta –va dir.

La Mari Pepa s'hi va acostar i tots dos van observar amb atenció. Es tractava efectivament d'una maleta d'una mida més aviat petita, en bon estat, de lona i amb alguns reforços metàl·lics. No semblava que l'haguessin llençat, sinó més aviat feia la sensació que l'havien amagat entre l'olivereta.

—Què fem? –va preguntar la Mari Pepa.

Però abans que algú pogués respondre-li, en Joanan l'havia agafat per la nansa i va començar a estirarla, amb intenció de treure-la. Es va quedar encallada entre les branques, però la Mari Pepa la va empènyer per darrere i la van alliberar sense dificultat.

3 La maleta amagada

Quan ja havien tret del tot la maleta de l'olivereta la van posar a terra i es van agenollar. Tots dos sentien una curiositat enorme per aquella maleta i, si no la van obrir immediatament, va ser perquè alhora també sentien una mica de desconfiança i por, com si a dins esperessin trobar-hi alguna cosa desagradable o, fins i tot, perillosa.

—Jo crec que hem de portar-la a la policia –va dir la Mari Pepa.

—Abans cal obrir-la –va replicar en Joanan–. Seria ridícul portar-la a la policia i que no hi hagués res a dins.

—Però potser està tancada amb clau.

En Joanan estava manipulant el tancament, que era de metall i tenia als extrems dues pestanyes que sobresortien. Les va prémer alhora i es va sentir amb claredat un *clic!* A continuació, com per art de màgia, la maleta es va obrir.

Entre tots dos la van portar fins al banc i la van posar a sobre del seient de fusta. Després van examinar amb curiositat l'interior. Era plena de roba amuntegada de qualsevol manera, sense mirar-s'hi. Hi havia també un necesser amb una pastilla de sabó sense encetar, un pot de colònia gairebé buit, una pinta, un raspall de dents i un tub de pasta dental. També hi havia unes sabates ficades en una bossa de plàstic d'un supermercat.

Van treure una mica de roba i, per la mida, van deduir que devia ser d'un nen, més o menys de la seva edat.

—Algú deu haver llençat tot això –va comentar en Joanan.

—Però la maleta no estava llençada, sinó amagada –la Mari Pepa pensava que hi havia moltes maneres de desfer-se d'una maleta plena de roba, però cap passava per amagar-la entre les oliveretes de la plaça–. A més a més, la roba no és vella ni està trencada.

—Però potser al seu propietari li va petita i els pares han decidit treure-se-la de sobre –va afegir en Joanan, que pensava que era més raonable que la maleta hagués estat abandonada expressament.

La Mari Pepa es va adonar que la maleta tenia una cremallera a la part abatible. Va pensar que potser a dins d'aquell compartiment hi havia alguna cosa més interessant, alguna pista del propietari, o dels motius que l'havien portat a desfer-se'n. Decidida, va obrir la cremallera i es va disposar a ficar-hi la mà. Però una veu potent la va tallar en sec:

—Què feu amb la meva maleta!?

Van tardar a reaccionar. En sentir aquell crit amb pregunta a dins, o aquella pregunta amb crit, es van quedar paralitzats. Encara que no havien fet res de dolent, tenien la sensació que els havien agafat in fraganti i no podien treure's de sobre un sentiment de culpa.

—És teva? –va preguntar la Mari Pepa.

—Sí –va respondre el nouvingut, que era un nen més o menys de la seva mateixa edat.

—L'hem trobat abandonada –va voler explicar-li en Joanan.

—No estava abandonada! –va protestar iradament el nen–. Estava amagada. Jo mateix l'he amagat aquí.

La Mari Pepa va pensar que aquell nen tenia raó. Ella acabava de defensar aquella idea. Però el que resultava evident era que ells, malgrat tot, l'havien trobat. Així ho van dir.

—Nosaltres l'hem vist quan passàvem i ens ha cridat l'atenció. L'hem obert per curiositat i per saber si a dins hi podíem trobar les dades del propietari.

—El propietari sóc jo –va replicar el nen, que no podia esborrar de la cara una expressió de mal humor.

—No falta res, pots comprovar-ho –en Joanan el va convidar amb un gest perquè revisés les seves coses.

El nen es va acostar a la maleta i va tancar la cremallera que moments abans havia obert la Mari Pepa. Després va posar la roba a dins de qualsevol manera, sense cap mirament, i finalment va tancar també la maleta. Van tornar a sentir perfectament el *clic!*

—No t'enfadis amb nosaltres –li va dir la Mari Pepa–. Si ho penses bé, veuràs que la culpa ha estat teva, per no amagar-la més bé.

—No he tingut temps d'amagar-la millor, m'estava...

El nen va interrompre la frase, si li fes cosa continuar. Però en la Mari Pepa i en Joanan havia despertat una gran intriga.

—T'estaves....?

—M'estava... Bé, necessitava anar urgentment al lavabo. He entrat en un bar que hi ha a prop d'aquí i he pensat que sense la maleta cridaria menys l'atenció.

Amb energia, el nen va agafar la maleta per la nansa i la va treure del banc d'una revolada. Semblava disposat a marxar sense donar explicacions.

—Has vingut per això del cartell? –li va preguntar la Mari Pepa, amb ànim de retenir-lo una mica.

—Quin cartell? –es va estranyar el nen.

—El del tauler d'anuncis de l'escola.

—Quina escola?

Les preguntes d'aquell noi amb cara de tan pocs amics li van donar una idea a la Mari Pepa. Es tractava d'una cosa tan senzilla com fer les presentacions, una cosa que sempre es fa quan dues persones o més es coneixen.

—Em dic Mari Pepa –va començar a dir–. I ell és en Joanan.

—Jo em dic Víctor –va dir el nen, sense gaire interès.

—Sóc d'aquí, però vaig néixer a la Xina –va continuar la Mari Pepa, que es va creure en el deure de donar algunes explicacions més–. En Joanan també és d'aquí, però va néixer a Etiòpia.

—Quin embolic! –va exclamar en Víctor–. I us heu ajuntat per formar un club, o alguna cosa per l'estil?

—No hem pensat a formar cap club! —li va replicar la Mari Pepa una mica molesta.

En Víctor es va posar a caminar amb la maleta a la mà. Ni la Mari Pepa ni en Joanan sabien per què, però cap dels dos no tenia ganes que aquell noi de la seva edat que acabaven de conèixer se n'anés sense explicar-los res més. Els intrigava molt que caminés sol pel carrer, amb una maleta plena de roba.

Amb ànim de retenir-lo, en Joanan li va fer una altra pregunta:

—Tu on has nascut?

—Aquí.

—Quina sort! –va exclamar la Mari Pepa.

—Sort? –es va estranyar en Víctor–. Per què?

—Perquè segur que tu saps qui ets.

—Doncs és clar que ho sé. Tothom ho sap.

—Nosaltres de vegades no ho tenim gaire clar.

En Víctor va negar amb el cap i els va dedicar una mirada plena de compassió.

—Em sembla que esteu tocats de l'ala –va dir–. Me n'aniré ben de pressa, no fos cas que em contagieu la vostra bogeria.

Amb decisió, en Víctor es va començar a allunyar. Tots dos el miraven sense saber què fer ni què dir. De sobte, la Mari Pepa va fer-li una altra pregunta:

—On vas?

En Víctor es va aturar de cop, com si la pregunta li hagués fet una gran impressió, potser com si li hagués recordat alguna cosa que havia oblidat durant els últims minuts. Es va girar lentament i es va quedar mirant-los una bona estona. Semblava que tenia mil dubtes dins del cap. L'expressió de la cara li havia canviat del tot i un aire de tristesa se n'anava apoderant. Va abaixar el cap i va dir:

—No ho sé.

—No ho saps?

En Víctor no va poder dir res més. Es va limitar a negar amb el cap.

—No tens casa? –li va preguntar en Joanan.

En Víctor va tornar a negar amb el cap.

—No tens família?

I en Víctor va repetir el mateix gest.

4 La motocicleta

La Mari Pepa i en Joanan van sentir de sobte tant d'interès per en Víctor que gairebé el van retenir per força. El van agafar entre tots dos i pràcticament sense que li toquessin els peus a terra el van portar fins al banc de fusta i el van obligar a asseure's just al centre. Ell es va posar la maleta entre les cames i va prémer els genolls, donant a entendre que no volia tornar a perdre-la de vista ni un moment.

Com si es tractés d'una autèntica cascada, les preguntes van començar a caure-li a sobre sense parar. Eren tantes i tan seguides que li resultava impossible respondre-les.

—No saps on vas?

—No tens casa?

—On vius, llavors?

—No tens família?

—No tens ningú?

Al final, i veient que en Víctor no responia, van entendre que l'estaven aclaparant i atordint amb tanta insistència. Van callar i van estar una bona estona mirant-lo en silenci.

Va ser llavors quan es van adonar que la cara d'en Víctor reflectia una tristesa profunda, que no es notava a simple vista, però que impressionava molt quan es descobria. Era una tristesa que jugava a ser esquiva i buscava un lloc on passar desapercebuda. Per això intentava amagar-se al fons dels seus ulls, darrere la seva pell, entre la comissura dels seus llavis, darrere de les seves orelles, sota el serrell que li tapava una part del front...

—Podem ajudar-te? –li va preguntar de sobte la Mari Pepa, trencant el silenci llarg que s'havia produït.

—No –es va limitar a respondre en Víctor.

—Però a nosaltres ens agradaria ajudar-te –va continuar ella.

En Joanan va ratificar les seves paraules amb gestos afirmatius ostentosos, mostrant amb evidència la seva bona disposició.

En Víctor es va quedar pensatiu un instant, després va negar amb el cap i, com si parlés amb si mateix, va dir:

—Ningú no pot ajudar-me. A més a més, si ell em troba, estic perdut.

Aquell noi era una caixa de sorpreses excitant. Ara els donava a entendre que algú l'estava buscant, algú que no volia trobar. Potser per aquest motiu estava fugint.

—Algú et persegueix? –li va preguntar aquesta vegada en Joanan.

En Víctor es va limitar a afirmar amb el cap, com si li costés molt parlar.

—Qui? –la Mari Pepa s'estava posant nerviosa i gairebé no podia suportar la tensió que li estava produint aquella experiència tan sorprenent com inesperada.

En Víctor va alçar lleugerament el cap i, durant uns segons, els va mirar com si els estigués passant revista.

—Sabeu qui és en Dani Ogre? –va dir finalment.

—Sí! –va exclamar immediatament en Joanan–. Qui no coneix en Dani Ogre? M'encanta el seu programa! No me'l perdo mai!

—Però... et refereixes al presentador de televisió? –la Mari Pepa volia assegurar-se que es referia al famosíssim presentador de televisió.

—Sí.

—*El xou d'en Dani Ogre!* –va exclamar en Joanan, fent una veu engolada per imitar la que anunciava el programa cada setmana– *El teu programa de divendres a la nit!*

La Mari Pepa cada vegada entenia menys coses. Va mirar fixament en Víctor abans de preguntar-li:

—Què té a veure amb tu aquest presentador?

—Res.

—Llavors...?

—Em persegueix.

—Per què?

—Vol que surti en el seu pròxim programa.

—A *El xou d'en Dani Ogre!?* –en Joanan no es podia creure tot el que estava sentint.

—Sí.
—És fantàstic!
—No ho és.

De sobte, alguna cosa va sobresaltar en Víctor. Tot el cos se li va posar en gran tensió. Va arrugar el front i el nas. El seu gest revelava atenció i preocupació al mateix temps.

Es va aixecar del banc i va agafar la maleta.

—Què et passa? –li va preguntar la Mari Pepa.

—No ho sentiu? –va respondre amb una pregunta.

—El què?

—Una motocicleta.

Van parar l'orella amb atenció. En Víctor tenia raó. Encara que no era dins la plaça, podien sentir amb claredat el soroll del motor d'una Harley Davidson, un so inconfusible, que semblava una barreja de refredat mal curat i pets incontrolats.

—És ell! –els ulls d'en Víctor reflectien un terror autèntic.

—Et refereixes a en...? –en Joanan va començar una pregunta que no va voler o no va saber acabar.

—Si em troba ja he begut oli!

Llavors, sense saber per què, la Mari Pepa va decidir ajudar en Víctor. Calia amagar-lo abans que la motocicleta arribés on eren.

—La bardissa d'olivereta! –li va cridar–. Va, afanya't. Amaga't aquí.

En Joanan i la Mari Pepa van tornar a portar en Víctor fins a la bardissa d'olivereta. Mentre ell apartava amb les mans algunes branques, ella el va empènyer fins que va ser dins d'aquell amagatall improvisat. La seva inseparable maleta li va servir per fer-li un lloc i, encara que s'estava clavant les branques per tot el cos, no va protestar.

A continuació, i com si estiguessin protegint un tresor, tots dos es van posar davant el matoll.

Uns segons després va irrompre a la plaça de l'Arbre Solitari una motocicleta impressionant pintada de groc i negre, com una vespa gegantina, amb uns cromats tan brillants que semblaven miralls. Tenia un manillar gran, que desembocava en una forquilla més gran encara, cosa que feia que semblés que la roda davantera no formava part del vehicle.

El conductor estava assegut amb l'esquena recta i les cames i braços ben estirats. Portava una granota que feia joc amb els colors de la moto i un casc completament negre. El seu aspecte no passava desapercebut i, com que ho sabia, es recreava en tots i cadascun dels seus moviments, com un paó presumptuós.

Va fer una volta sencera a la plaça i finalment es va aturar davant dels nens. Va posar un peu a terra per mantenir l'equilibri. La visera del casc, en tot moment abaixada, li amagava la cara.

—Heu vist un nen de la vostra edat amb una maleta? –va preguntar.

—No –va respondre immediatament la Mari Pepa.

—N'esteu segurs? –va insistir, com si no se'n refiés del tot.

—Sí, n'estem segurs. No hem vist cap nen amb una maleta –va tornar a dir la Mari Pepa, mentre que en Joanan li donava suport amb gestos de negació ben evidents.

Sense dir res més, aquell home va accelerar la motocicleta, que va rugir amb aquell so entretallat i rotund abans de sortir disparada. En uns segons va ser fora de la plaça de l'Arbre Solitari.

Llavors, en Joanan va sospirar i, fins i tot impressionat, va comentar:

—Mai no m'hauria imaginat ser tan a prop d'en Dani Ogre.

—Era ell? No li hem pogut veure la cara.

—La seva veu és inconfusible.

5 El quiosc de diaris

Estaven tan impressionats pel que acabaven de viure, que la Mari Pepa i en Joanan no eren capaços de reaccionar. Encara que ja feia uns minuts que la motocicleta havia desaparegut i, també, el soroll del seu poderós motor, continuaven mirant cap al carrer per on s'havia allunyat. Semblava ben bé que s'havien convertit en estàtues, en un conjunt escultòric que representés la sorpresa, l'astorament, el desconcert...

Va haver de ser en Víctor qui els tragués de l'abstracció. Li resultava molt incòmoda aquella postura, i a més a més les branques se li clavaven per tot arreu.

—Ja se n'ha anat? –va preguntar.

Aquella pregunta elemental va servir perquè s'adonessin que en Víctor seguia dins el matoll, on ells mateixos l'havien amagat, cargolat al costat de la seva maleta.

Van reaccionar immediatament i van apartar les branques de l'olivereta amb decisió. Després el van ajudar a sortir. Mentre ell aguantava les branques, ella estirava la maleta.

—A poc a poc! –va protestar en Víctor–. Aquestes branques punxen com agulles de cap.

En uns segons van aconseguir treure'l sa i estalvi, encara que amb alguna esgarrinxada.

—Per on se n'ha anat? –va preguntar en Víctor, espolsant-se unes fulles que li havien quedat enganxades entre la roba i als cabells.

—Per allà –en Joanan va assenyalar en una direcció.

—Llavors jo me n'aniré per aquí –i va posar-se a caminar en direcció contrària.

—Te'n vas així, d'aquesta manera? –li va preguntar la Mari Pepa, una mica indignada, perquè no entenia la reacció del noi.

En Víctor es va aturar un instant i va tombar-se. El seu gest distava molt de ser amable.

—Ah! –va exclamar com si hagués recordat alguna cosa–. Gràcies per la vostra ajuda.

—No has d'agrair-nos res, però ens agradaria saber què penses fer ara.

—Com que el programa d'en Dani Ogre és divendres, buscaré un lloc per amagar-me fins dissabte –va respondre en Víctor com si res.

—Potser podem ajudar-te –va intervenir en Joanan.

—Coneixeu un lloc segur on no em trobi en Dani Ogre?

—Pots venir a casa meva –li va dir llavors la Mari Pepa–. Als meus pares no els importarà que...

—No, no! –la va tallar en Víctor amb seguretat–. Cap de les vostres cases seria segura. Els vostres pares em farien preguntes i acabarien trucant a la policia o a l'assistència social. No aniré a casa vostra.

En Víctor, com si hagués donat per tancada la discussió, va reprendre la marxa com si res. Però unes paraules d'en Joanan el van fer parar en sec:

—Jo conec un lloc segur, on ningú no et trobarà.

En Joanan li va explicar llavors que uns oncles seus tenien un quiosc de premsa, no gaire lluny d'allà. L'havien acabat de tancar perquè s'havien traslladat a un local pròxim, un baix comercial molt més ampli, on a més de diaris i revistes havien començat a vendre altres productes.

—És buit i sé on guarden la clau els meus oncles –va dir per concloure les seves explicacions.

Llavors hi va haver un llarg silenci. Amb expressió de desconcert, en Víctor, mirava la Mari Pepa i en Joanan. No entenia bé per què volien ajudar-lo. Els acabava de conèixer. Sí, li havien caigut bé, encara que de vegades pensava que pertanyien a un club de tocats de l'ala. Es repetia una vegada i una altra que no havia de fiar-se de ningú. El pitjor era que no li quedaven gaires opcions, perquè si continuava deambulant sol pel carrer, tard o d'hora seria descobert per en Dani Ogre.

—Accepto –va dir finalment.

Prenent moltes precaucions, amb les orelles molt atentes per si tornaven a sentir el rugit de la motocicleta del famós presentador de televisió, tots tres es van dirigir al quiosc de diaris dels oncles d'en Joanan.

Era d'alumini i vidre, amb la teulada d'un material sintètic que sobresortia pertot arreu, com si fos un barret d'ala ampla. Els vidres estaven recoberts per dins amb cartons i revistes antigues, ja molt descolorides. Tenia tota la pinta d'estar tancat i abandonat.

—Els meus oncles diuen que se l'emportaran d'aquí –els va explicar en Joanan–. El carregaran en un camió amb una grua i el traslladaran a una deixalleria per reciclar-lo. Però encara tardaran uns dies.

—Sembla un lloc segur –va comentar la Mari Pepa.

En Víctor va haver de reconèixer que, per molt que busqués, no trobaria res millor. Podria quedar-se a dins del quiosc, amb espai per moure's, tancat amb clau, fora de perill de les mirades de qualsevol curiós.

Mentre en Joanan va anar a buscar la clau, la Mari Pepa i en Víctor es van quedar al costat del quiosc, molt atents per detectar qualsevol possible perill.

—En Joanan ha tingut una bona idea –va comentar la Mari Pepa, per trencar un silenci incòmode.

—Sí –va admetre ell.

—Aquí en Dani Ogre no et trobarà.

—Així ho espero.

En Víctor no es mostrava gaire comunicatiu i la Mari Pepa no sabia com fer-lo parlar. Encara que tenia fama de xerraire, amb ell li resultava difícil mantenir una conversa. Es mostrava esquiu, com si volgués donar a entendre que preferia callar. Això la tallava a l'hora de dir res, ja que sempre es plantejava si el molestaria amb les seves paraules i preguntes.

Però el silenci li resultava massa tens, insuportable.

—Em pots dir tres coses de color groc? –li va dir de sobte.

—Per què? –es va sorprendre en Víctor.

—Tu només digues tres coses de color groc –va insistir la Mari Pepa.

—Doncs... una llimona, un canari i la samarreta de la selecció brasilera.

La Mari Pepa no va poder evitar un gest de decepció, que es va reflectir en les seves paraules:

—És que no hi ha més coses grogues al món!?

En Víctor va arronsar les espatlles, sense entendre res.

—Estàs tocada de l'ala.

—Has estat molt poc original.

—Em sembla que pertanyeu a un club de tocats de l'ala –en Víctor li va dedicar un gest que va voler ser despectiu, però que ni tan sols va aconseguir la categoria de burleta.

En Joanan no va tardar gaire temps a tornar amb la clau del quiosc de premsa abandonat. Va arribar suat, perquè va fer tot el camí d'anada i tornada corrent.

—Aquí la tenim! –va dir tot just arribar, i els va mostrar la clau, com si fos un trofeu–. Ningú s'ha adonat que l'he agafat. I no la trobaran a faltar.

Va anar directament cap a la porta del quiosc, però la Mari Pepa el va aturar.

—Cal prendre precaucions –va dir.

Era lògic pensar que ningú havia de veure com en Víctor entrava al quiosc. Això volia dir actuar amb molta prudència i sentit comú. Van elaborar un pla.

Esperarien pacientment el moment oportú, i aquell moment només arribaria quan ningú transités per la vorera del quiosc. En aquell instant, obririen la porta per permetre que hi entrés en Víctor, que es quedaria la clau i tancaria per dins. Calia evitar testimonis de totes totes.

—M'heu de prometre una cosa –va dir de sobte en Víctor.

—Què? –va preguntar immediatament en Joanan.

—Que no direu a ningú on sóc.

—Ho prometo –va dir en Joanan solemnement.

—Ho prometo –va afegir la Mari Pepa en el mateix to.

Encara que durant alguns minuts van pensar que la vorera no es quedaria deserta en cap moment, ja que no hi deixava de transitar gent, el miracle es va produir. Van girar el cap a un costat i a l'altre.

—Ara! –va dir la Mari Pepa.

En Joanan va obrir la porta del quiosc i va donar la clau a en Víctor. Després, entre tots dos pràcticament el van fer entrar d'una empenta i van tancar de cop.

—Gira la clau –li va dir en Joanan.

—Ho estic fent.

Van sentir com la clau girava dins el pany i es van assegurar des de fora que la porta havia quedat tancada.

—Perfecte! –va exclamar la Mari Pepa.

Van quedar-se uns minuts més al costat del quiosc. No podien marxar així, sense més, i deixar abandonat en Víctor. Calia concretar algunes coses amb ell. Aprofitaven per parlar els moments en què no passava ningú pels voltants. I tot i això, procuraven mirar cap a una altra banda.

—Com va per aquí dins? –li va preguntar la Mari Pepa.

—No s'hi està malament –va respondre en Víctor–. Una mica fosc.

—Aquí no et trobarà en Dani Ogre, ni ningú –li va dir en Joanan.

—Però no facis sorolls –li va aconsellar la Mari Pepa.

—Nosaltres tornarem demà al vespre, quan sortim de l'escola –va afegir en Joanan.

—Hem de tenir una contrasenya –va dir de sobte en Víctor–. Només així podré saber que sou vosaltres.

Era lògic el que els plantejava en Víctor. Necessitaven una contrasenya que només ells coneguessin. Era una mesura de seguretat elemental.

—Se t'acut cap contrasenya? –va preguntar la Mari Pepa a en Joanan.

Llavors, des de dins del quiosc els va arribar la veu d'en Víctor:

—Sóc del club dels tocats de l'ala.

—Què dius?

—Aquesta serà la contrasenya. Només us respondré si abans dieu la contrasenya: sóc del club dels tocats de l'ala.

Ni a la Mari Pepa ni a en Joanan els va semblar bé la contrasenya. Tenien la sensació que en Víctor se n'estava rient. Però van preferir no discutir i la van donar per bona.

—Acceptem la contrasenya –va dir finalment en Joanan.

Dissimulant en tot moment, la Mari Pepa i en Joanan es van anar allunyant del quiosc abandonat. Al principi van caminar plegats. Després, en arribar a la primera cruïlla, on cadascú havia d'agafar la direcció de casa seva, es van aturar per parlar un moment. Van quedar que es reunirien l'endemà al mateix lloc on s'havien trobat, és a dir, al banc més pròxim a la font de la plaça de l'Arbre Solitari i a les cinc de la tarda. Des d'allà, tots dos, anirien cap al quiosc.

Abans de separar-se, un soroll que ja els resultava familiar els va retenir un moment. Era l'inconfusible motor de la Harley Davidson d'en Dani Ogre, que, com si fos un policia a la recerca d'un delinqüent, no deixava de patrullar pels carrers del barri. Aquell so els va deixar paralitzats. No sabien per què, però van tenir por. Era com si de sobte, per art de màgia, en Víctor els hagués traslladat tots els seus temors.

La motocicleta no va tardar a aparèixer per uns dels carrers. La seva visió els va posar més nerviosos del que ja estaven. La Mari Pepa se'n va adonar i va fer un esforç per superar-ho:

—Que no ens noti res –li va dir a en Joanan en veu baixa.

Quan els va passar pel costat, la motocicleta va minorar considerablement la marxa. Semblava que pensava aturar-se. Però, de sobte, el motor va rugir amb força i es va allunyar a tota velocitat.

6 La increïble història d'en Víctor

Ja a casa seva, la Mari Pepa no podia deixar de pensar en en Víctor. Aquell noi misteriós que havia aparegut inesperadament en la seva vida l'obligava a cavil·lar constantment. Qui era en realitat? Era cert que no tenia ningú al món, com els havia fet creure? Li costava molt admetre-ho, però... quins motius podia tenir per mentir? A més a més, era molt estrany que fugís amb una maleta. I per què fugia precisament d'un famós presentador de televisió?

Eren tantes les preguntes que es feia que va pensar que el seu cap esclataria. Preguntes, preguntes, preguntes... i cap resposta! Va pensar que hi havia d'haver parlat més i haver-li preguntat coses concretes sobre la seva vida.

La veritat era que aquell noi havia aconseguit commoure-la fins al punt que s'havia bolcat per ajudar-lo. I no només a ella. Estava segura que en Joanan sentia el mateix.

S'havia assegut a terra, al menjador, sobre la catifa, amb l'esquena recolzada contra el sofà. El seu pare veia un concurs a la televisió i alhora omplia les caselles dels mots encreuats del diari. La seva mare no havia arribat encara.

De sobte, sense saber gaire bé per què, es va girar cap al seu pare.

—Què en penses, d'en Dani Ogre? –li va preguntar.

El pare va apartar una mica el diari i va mirar la seva filla.

—Quin carnisser! –va exclamar.

—Em refereixo al del programa dels divendres a la tele –li va explicar la Mari Pepa, pensant que no havia entès bé la pregunta.

—Ho sé –va continuar el pare–. Quin element! Només vol triturar la gent. El seu programa és com una màquina de fer carn picada. A tothom que hi passa el converteix en hamburguesa i se'l menja.

—Oh! –es va sorprendre la nena.

El pare es va adonar que havia parlat d'una manera que la seva filla potser no havia entès, per això va tractar d'aclarir les coses.

—Parlo en sentit figurat –va dir–. En Dani Ogre només fa teleporqueria pudenta, que comercia fins i tot amb els sentiments més íntims de la gent. Ho entens?

La Mari Pepa va afirmar amb el cap. I immediatament una esgarrifança li va recórrer tot el cos en imaginar-se en Víctor convertit en hamburguesa.

Però una nova preocupació va començar a desviar els seus pensaments cap a un altre lloc. Era una cosa molt més concreta i urgent: en Víctor passaria la nit sol en aquell quiosc abandonat, sense roba d'abric, sense llum i sense menjar. Com no havien caigut abans en aquest detall? Si no menjava, acabaria morint-se de gana. Sense llum, acabaria morint-se de por. Sense una manta, acabaria morint-se de fred.

La Mari Pepa es va espantar dels seus propis pensaments.

Es va aixecar d'un salt i va anar cap a la seva habitació. Havia de solucionar aquella situació, i havia de fer-ho aviat, abans que arribés la seva mare. El pare el convenceria amb més facilitat, encara que hauria de mentir-li i inventar-se una excusa perquè la deixés sortir un altre cop al carrer.

Va treure de dalt de tot del seu armari una manta. Era una manta de viatge, lligada amb un parell de corretges, que mai feia servir. Ningú no la trobaria a faltar.

D'un calaix d'una taula va treure una llanterna. No era gaire bona. L'havien regalat al seu pare amb un diari. Va comprovar que funcionava i li va posar les piles noves.

Finalment, va anar a la cuina i en una carmanyola de plàstic va ficar menjar que va trobar a la nevera: pernil, formatge, iogurts, fruita... A més, va agafar una ampolla d'aigua.

En una bossa enorme d'uns grans magatzems ho va ficar tot, tenint sempre la precaució que el seu pare no la veiés. Va deixar la bossa al rebedor, al costat de la porta del carrer, i va tornar al menjador.

—Sortiré un moment, pare.

—És tard.

Però ja tenia la bola preparada i la va deixar anar de cop. Li va dir que havia quedat amb una amiga que vivia molt a prop per fer un treball que els havien posat a l'escola.

Carregada amb la bossa va baixar les escales i va sortir al carrer. I molt de pressa, sense perdre ni un segon, va arrencar a córrer cap al quiosc de diaris abandonat, que no era lluny de casa seva.

En arribar, es va repenjar a la porta de vidre i va deixar caure la bossa. Va esperar que no hi hagués gent al voltant. Només llavors es va atrevir a parlar:

—Víctor, sóc la Mari Pepa! Obre'm! T'he portat algunes coses!

Va esperar uns segons, però no va obtenir resposta. Es va estranyar molt. Era a punt d'insistir quan va recordar una cosa.

—Sóc del club dels tocats de l'ala! –va dir.

I com si hagués pronunciat unes paraules màgiques de veritat, la porta del quiosc es va obrir. La Mari Pepa va mirar a banda i banda. En comprovar que no venia ningú, va entrar com un llamp.

En tancar la porta va tenir la sensació d'haver estat empassada per la foscor absoluta. Es va aturar, temorosa de fer un pas i xocar amb alguna cosa. La veu d'en Víctor la va tranquil·litzar.

—Quan faci una estona que ets a dins t'adonaràs que no és tan fosc com sembla.

—He portat una llanterna.

Va ficar la mà a la bossa de plàstic i va buscar fins que la va trobar. La va encendre immediatament i va passar el feix lluminós pel petit espai del quiosc de diaris fins a trobar en Víctor.

—Ets aquí?

—On vols que sigui?

Després va dirigir la llum cap a la bossa de plàstic.

—T'he portat una manta i una mica de menjar.

—Menjar! –va exclamar el noi.

—Tens gana?

—Em sembla que m'ha vingut la gana quan has dit la paraula *menjar*.

La Mari Pepa va treure la carmanyola de la bossa i la va donar a en Víctor. Després, tots dos es van asseure a terra, cara a cara.

Ell s'empassava talls de pernil i formatge com si fes dies que no menjava res. Ella se'l mirava amb curiositat, il·luminant-lo amb la llanterna. Aquell noi cada vegada l'intrigava més i estava desitjant preguntar-li moltes coses. Però eren tantes que no sabia per on començar.

—Abans... abans... –encara que titubejant, la Mari Pepa es va decidir a parlar–. Abans ens has dit que no tens família.

—No en tinc –va reconèixer en Víctor amb la boca plena.

—I els teus pares...?

En Víctor va fer un parell de cops de coll. Després va agafar una poma, la va fregar amb la màniga de la camisa, com si la volgués enllustrar, i es va disposar a mossegar-la. Però alguna cosa el va aturar en l'últim moment. Va mirar la Mari Pepa i va pensar que aquella noia, que tan bé s'estava portant amb ell, es mereixia almenys una explicació.

Va abaixar la mirada i va començar a parlar lentament, sense alterar el to de veu. A mesura que avançava en el relat semblava més abstret, com si els pensaments l'haguessin traslladat a un lloc molt llunyà.

—Ens n'anàvem de vacances –va començar un relat que prometia ser llarg–. El meu pare, la meva mare, el meu germà i jo. Ens vam llevar ben d'hora i vam carregar totes les coses al cotxe. Jo era molt petit i em vaig quedar adormit de seguida. Per això, no em vaig adonar de res. Vam tenir un accident. Quan em vaig despertar era en un hospital, en un llit gran, envoltat d'aparells que estaven connectats al meu cos. Van tardar molt temps a dir-me que era l'únic que havia quedat viu.

La Mari Pepa va sentir una emoció molt forta. Se li va fer un nus a l'estómac i un altre al coll, i era incapaç de parlar. Ni tan sols podia articular dues paraules tan senzilles com "ho sento".

Davant el silenci d'ella, en Víctor va pensar que havia de seguir explicant-li més coses de la seva vida.

—L'única família que em quedava era el meu avi Pau, però ell havia marxat feia molts anys a Amèrica. La seva adreça era a l'agenda de la meva mare, però l'agenda es va cremar amb el cotxe després de l'accident. Per això, quan vaig sortir de l'hospital vaig entrar en un orfenat.

La Mari Pepa sentia com el coll se li anava assecant cada cop més, al contrari que els seus ulls, que cada cops eren més humits. De sobte, va notar com dues llàgrimes saltaven la barrera de les seves parpelles i li lliscaven per les galtes. No volia plorar. Li feia ràbia plorar. Sempre havia pensat que una xinesa plorant resultava una mica ridícula. Però no podia evitar-ho.

"Si almenys els xinesos no ploressin...!"

—Vaig passar dos anys a l'orfenat. Una parella volia adoptar-me. No podien tenir fills i volien que jo em convertís en el seu fill. A mi queien bé. Em van dir que arreglarien els papers. Però abans de fer-ho es van divorciar i es van oblidar de mi. Jo pensava que em quedaria tota la vida a l'orfenat, però llavors va tornar el meu avi Pau d'Amèrica i em va treure d'allà. Va llogar una casa per viure plegats. Amb ell sí que m'ho vaig passar bé. El meu avi Pau era una gran persona! Ho va deixar tot per estar amb mi!

No hauria fet falta que en Víctor continués explicant el seu estremidor relat, perquè la Mari Pepa ja intuïa què havia passat. Només de pensar-ho se li encongia encara més el cor. Però el noi estava disposat a arribar fins al final.

—Una nit es va posar malalt i em va dir que avisés el metge d'urgències. Però quan el metge va arribar ja era tard. El meu avi Pau era una gran persona! Tocava la guitarra i la trompeta i va estar en tres grups musicals. Amb un va arribar a enregistrar un disc. Vaig plorar més quan va morir el meu avi que quan vaig saber que havien mort els meus pares i el meu germà. Després vaig tornar un altre cop a l'orfenat. Allà va ser on em va trobar en Dani Ogre.

En Víctor, com si hagués arribat al final de la història, va sospirar profundament i va fer una bona mossegada a la poma que havia aguantat tota l'estona entre les mans. Després es va quedar mirant fixament la Mari Pepa i es va estranyar del seu continuat silenci.

—Has sentit el que t'he dit?

La Mari Pepa va fer un gest afirmatiu amb el cap.

—I per què no parles?

Només llavors, amb gran esforç, la nena va aconseguir empassar saliva i va semblar que el coll se li suavitzava una mica. Per fi va aconseguir articular aquestes dues paraules que tant havia pensat:

—Ho sento.

Durant una bona estona tots dos van estar callats. Els ulls de la Mari Pepa ja s'havien acostumat a la penombra, per això va preferir apagar la llanterna. No volia que en Víctor la veiés plorar.

Al cap d'una estona, ell li va prendre la llanterna de les mans, va jugar-hi una estona i va tornar a encendre-la. Va dirigir la llum cap a la seva maleta, que era en un racó.

—Vols que t'ensenyi una cosa? –li va preguntar.

—Sí –va respondre ella sense pensar-ho.

En Víctor va obrir la maleta i va dirigir la llum a la cremallera que hi havia a dins de la tapa. La va obrir amb cura i va ficar-hi la mà. I amb molta delicadesa, com si es tractés d'una autèntica joia, va treure un CD. Va acostar encara més la llanterna perquè es veiés millor. La caixa de plàstic estava embotida en una funda de cartró i hi apareixien fotografiades un munt de persones.

—És el disc que va enregistrar el teu avi amb el seu conjunt? –va preguntar la Mari Pepa.

—No! –la negativa d'en Víctor va ser contundent–. El meu avi deia que era el millor disc del món. Una tarda vam entrar en una botiga de discos i me'l va comprar. Em va dir que hauria de sentir-lo de tant en tant durant tota la vida, que aquesta música m'ajudaria a viure.

Llavors la Mari Pepa va llegir en veu alta el que posava a la caràtula.

—*Sgt. Pepper's Lonely Hearts Club Band.*

—La banda del club dels cors solitaris del sergent Pepper –va traduir en Víctor–. És un disc dels Beatles. Et sona?

—Sí.

La Mari Pepa va estirar el braç per tocar aquell disc i, en fer-ho, el seu rellotge de polsera va quedar al descobert. Es va sobresaltar quan va veure l'hora. Es va posar dreta d'un salt.

—Me n'he d'anar!

En Víctor també es va aixecar.

—Vés en compte quan surtis. Obre primer una escletxa i assegura't que no passi ningú.

—En Joanan i jo tornarem demà després de l'escola.

Va obrir la porta amb molta cura i va mirar a fora per l'escletxa. Era a punt de sortir quan una paraula d'en Víctor la va retenir un moment.

—El sol –va dir ell.

—Què? –es va estranyar ella.

—El sol també és groc

El carrer era buit i va aprofitar el moment per sortir. Quan va ser a fora va començar a córrer cap a casa seva. Una frase li feia voltes i voltes al cap.

La banda del club dels cors solitaris del sergent Pepper.

Els cors solitaris del sergent Pepper.

Sergent Pepper.

Pepper.

Pepa.

Mari Pepa.

Després va pensar en una altra cosa.

—El sol també és groc! –va exclamar, i va accelerar encara més la marxa.

7 Dos pardals d'un tret

La Mari Pepa ja era ben a prop de casa seva quan va veure una cosa que va fer que s'aturés de cop: pel mig del carrer, imponent, va aparèixer la motocicleta d'en Dani Ogre, negra i groga, com una vespa. Ell la pilotava com sempre, escarxofat al seient, amb els braços i cames ben estirats. Quan li va passar pel costat, va tombar el cap i la va mirar un instant. Malgrat que, com de costum, portava el casc posat i la visera abaixada, va sentir aquella mirada com una punxada, com si una vespa de debò li hagués clavat el fibló.

La motocicleta no va minorar la marxa, per això es va allunyar d'allà en uns segons. Però durant aquell temps tan curt la Mari Pepa va tenir un pressentiment, i el pressentiment li va posar de punta els seus cabells de xinesa.

Es va imaginar que en Dani Ogre havia descobert l'amagatall d'en Víctor i hi anava per emportar-se'l. Potser tenia camarades que vigilaven la ciutat sencera per mantenir-lo ben informat. Si fos així, algun podia haver-los vist amagar el noi al quiosc abandonat.

Els seus propis pensaments la van paralitzar. No sabia què fer. El sentit comú li deia que havia de pujar cap a casa, perquè ja se li estava fent tard; però el més elemental sentit de camaraderia li deia que tornés al quiosc i s'assegurés que en Víctor era a dins, sa i estalvi.

Es va preguntar si el sentit comú era una virtut dels xinesos i, sense donar-se una resposta, conscient que segur que es ficaria en un gran embolic, però disposada a acceptar totes les conseqüències, va fer mitja volta, va prémer les dents amb ràbia i va tornar a córrer en direcció al quiosc de diaris.

Va arribar suada i fatigada, amb la respiració entretallada i el cor bategant-li amb força. Es va aturar a uns vint metres de distància, en part per recuperar una mica l'alè; però sobretot perquè un detall li va impedir acostar-se més: just davant del quiosc abandonat hi havia aparcada la motocicleta d'en Dani Ogre.

Va buscar amb la mirada el presentador, però no el va veure. Malgrat que va començar a posar-se molt nerviosa, va tractar de raonar amb una mica de serenitat.

On podia ser en Dani Ogre?

Potser s'havia aturat per prendre's alguna cosa, si fos així seria en algun bar dels voltants, repenjat a la barra, amb el casc sobre un tamboret, aguantant les mirades de la gent. Estar assegut gaire estona en una moto devia resultar incòmode, perquè el cos es devia acabar engarrotant.

Però els seus raonaments trobaven un obstacle que, com a mínim, resultava inquietant: per què havia aparcat la motocicleta precisament al costat del quiosc de diaris? No semblava una casualitat.

També hi havia la possibilitat que sospités alguna cosa i caminés ajupit per allà, amagat, vigilant atentament, intentant descobrir on era el noi.

Però si d'alguna cosa estava segura la Mari Pepa era que en Dani Ogre no era a dins del quiosc. Això era impossible. Sense la contrasenya, en Víctor no obria la porta a ningú. Ella mateixa ho havia comprovat. L'única clau la tenia ell i la porta no tenia senyals d'haver estat forçada.

Un grapat de dubtes s'apilaven al cap de la Mari Pepa i li impedien prendre una determinació. Havia de marxar per on havia vingut i tornar a casa seva tan aviat com li fos possible o havia de prevenir en Víctor de la proximitat del presentador?

Sabia que el més sensat era marxar, ja que era del tot probable que les seves inquietuds no tinguessin fonament i només fossin producte del seu nerviosisme. Però tenia la sensació que ja no podia fer marxa enrere, per això es va dirigir cap al quiosc amb moltes precaucions. Va mirar a un costat i a l'altre i es va acostar a la porta.

—En Dani Ogre és aquí –va dir–. Suposo que ja hauràs sentit la seva moto. No facis res que pugui cridar l'atenció. Em sents, Víctor?

Va parar l'orella, però com que no va sentir res va continuar parlant:

—No facis cap soroll. Procura no moure't gaire i no encenguis la llanterna, per si de cas. Ho has entès?

Va tornar a parar l'orella, però va seguir sense trobar resposta. Llavors va recordar-ho i, sense pensar-s'ho, va dir:

—Sóc del club dels tocats de l'ala.

Just després d'haver pronunciat aquestes paraules, la porta del quiosc es va obrir, com per art de màgia. Decidida, perquè ningú pogués veure la porta oberta, va entrar i va tancar immediatament.

Com la vegada anterior, es va sentir presonera de la foscor. El canvi de la llum a la penombra la va cegar durant uns moments.

—Víctor? –va preguntar–. On ets?

De sobte, va sentir una forta llum en forma de feix dirigida directament a la seva cara. No era la llanterna que havia portat poc abans, perquè la seva no tenia tanta potència.

—Víctor! –va exclamar espantada.

Una mà la va agafar amb força i la va empènyer cap al costat oposat. Allà va sentir el cos de l'amic. S'hi va abraçar. Després, va sentir amb claredat el soroll del pany. Havien tancat la porta per dins.

—Has vingut a ajudar el teu amiguet?

Era la veu inconfusible d'en Dani Ogre, la que feia anys que enlluernava els teleespectadors. *El xou d'en Dani Ogre! El teu programa de divendres a la nit!*

—Deixi'ns sortir! –va cridar la Mari Pepa espantada.

El presentador se li va acostar. No deixava d'enfocar-la amb la llanterna. Llavors va pronunciar unes paraules que li van glaçar la sang.

—Pel bé d'en Víctor i pel teu no tornis a cridar. Entesos?

Sense pretendre-ho, el cap de la Mari Pepa es va moure un parell de vegades de dalt a baix. Després, va sentir que el presentador s'acostava una mica més, sense apartar ni un moment la llum de la seva cara.

—Caram! –va exclamar–. Ets xinesa!

—No ho sóc! –va replicar de seguida la nena–. Em dic Mari Pepa Gràcia Peris i els meus pares ja deuen estar preocupats per mi.

—Mari Pepa Gràcia Peris! –va riure en Dani Ogre–. Com és possible que amb aquest nom tinguis la pell groga?

La Mari Pepa va sentir molta ràbia que aquell home li fes precisament aquella pregunta. Era la pregunta que ella mateixa es feia sovint, quan als matins es mirava al mirall del bany.

—De color groc ho són les llimones, els canaris, les samarretes de la selecció de Brasil, el sol! –va dir enrabiada–. La meva pell no és groga!

En Dani Ogre va deixar la llanterna a terra i la Mari Pepa va sentir un gran alleugeriment en veure's lliure d'aquella llum tan molesta. Va tancar els ulls i va tornar a obrir-los. Va repetir l'operació diverses vegades. A poc a poc va començar a veure-hi amb més claredat.

El locutor es va treure un telèfon mòbil de la butxaca i, abans de marcar, va fer un comentari que cap dels nens no va entendre.

—Potser mato dos pardals d'un tret.

Després va marcar un número i va estar parlant una estona amb algú. Pel to i per les ordres que donava era evident que es tractava d'un treballador seu. Li va dir que agafés un cotxe i que anés a buscar-los. Li va indicar el punt exacte on hi havia el quiosc de diaris. A continuació, davant una probable pregunta del seu interlocutor, va explicar que ja havia trobat en Víctor, però que no anava sol, sinó acompanyat d'una nena xinesa, que podia resultar un altre filó.

A la Mari Pepa li van entrar ganes de preguntar què significava això d'un *altre filó*, però només va mussitar unes paraules ben diferents:

—Casa meva és aquí, i el meu barri, i la meva escola, i els meus amics, i la meva llengua, i el meu nom... Els meus pares són d'aquí. Jo també sóc d'aquí.

Després de la conversa telefònica, en Dani Ogre va apagar la llanterna. Va jugar una estona amb la clau del quiosc, que tenia en el seu poder, i va dir:

—Haurem d'esperar una estona. No vull que feu res estrany. Em quedaré a fora tota l'estona, vigilant.

I sense dir més va sortir del quiosc. Només en aquell moment la Mari Pepa es va adonar que, per primera vegada, portava el casc a la mà. Malgrat això seguia sense veure-li la cara amb claredat.

Després de tancar la porta, van tornar a sentir el so inconfusible del pany, un so familiar que començava a resultar molt inquietant.

8 Les urpes d'en Dani Ogre

Només quan es va assegurar que en Dani Ogre havia sortit del quiosc, en Víctor es va atrevir a parlar. En el to de les seves paraules es notava clarament que estava molt espantat. La seva veu era feble i titubejant i fins i tot li costava de sortir del coll.

—Per què has tornat? –la seva pregunta semblava més aviat un retret.

—Era a punt d'arribar a casa quan me l'he trobat que anava en la seva moto –li va explicar la Mari Pepa–. He pensat que valdria més prevenir-te. Però he arribat tard.

En Víctor va fer que no diverses vegades amb el cap. El seu gest expressava desolació.

—T'hauries d'haver oblidat de mi.

—Només pretenia ajudar-te –es va justificar la Mari Pepa, que se sorprenia del to esquerp del noi.

—Doncs no ho has aconseguit i, a més a més, ara necessitaràs que t'ajudin a tu per alliberar-te de les urpes d'en Dani Ogre.

Les últimes paraules d'en Víctor realment impressionaven. Semblaven tretes d'un conte de terror. *Alliberar-te de les urpes d'en Dani Ogre.*

En Víctor es va asseure a terra, amb les cames flexionades, i es va abraçar als seus genolls. La Mari Pepa el va imitar immediatament. Junts, en la mateixa postura, van quedar-se uns segons sense parlar-se. Després ella va recordar tot el que ell li havia explicat de la seva vida i com el seu relat s'interrompia just en el moment en què apareixia en Dani Ogre a l'orfenat. Va pensar que per entendre el que estava passant havia de conèixer ben aviat tota la història d'en Víctor, perquè era evident que hi havia d'haver alguna relació entre el presentador i ell. Per això li va preguntar directament:

—Què va passar després?

En Víctor va girar el cap cap a ella i amb el gest li va insinuar que no entenia la pregunta.

—La que no entén res del que està passant sóc jo –va continuar la Mari Pepa, alçant una mica el to de veu–. Per això m'has d'explicar què va passar quan en Dani Ogre va arribar a l'orfenat. Què pretenia? Adoptar-te?

—Adoptar-me? No!

—Llavors, què hi pintava el famós presentador, allà?

—Buscava personatges per al seu programa.

—Què vols dir?

—És amic del director de l'orfenat. Ell el va avisar quan va trobar un personatge.

La Mari Pepa va esbufegar i va fer un saltet.

—No entenc res! –va exclamar molesta.

—Jo era el personatge –va continuar en Víctor–. El director de l'orfenat li va trucar per telèfon i li va dir que si em duia al seu programa pujaria l'audiència.

—Per què pujaria l'audiència? –la Mari Pepa tenia la sensació d'estar escoltant el relat de la història més absurda del món. No obstant això, volia continuar preguntant per desfer l'embolic.

—Vaig sentir com li deia que la meva vida era com una novel·la d'en Dickens.

—Qui és en Dickens?

—No ho sé. Deu ser un escriptor de novel·les tristes.

—Ho preguntaré als meus pares. Ells llegeixen molts llibres i saben molts noms d'escriptors.

Llavors la Mari Pepa es va adonar que, sense pretendre-ho, la seva situació s'havia tornat molt complicada. No podia preguntar res als seus pares perquè ni tan sols podia sortir del quiosc de diaris, on un home famós a tot el país pel seu programa de televisió l'havia tancat en companyia d'en Víctor.

Va pensar que aquell noi li havia canviat la vida. No sabia ni com ni per què, però des que l'havia conegut, només unes hores abans, semblava que tot s'havia.

No obstant això, estava convençuda que molt aviat les coses tornarien a ser com eren, ja que no li semblava possible que aquella situació es prolongués durant gaire temps. Segur que el famós presentador tornava d'un moment a l'altre, els obriria la porta, els demanaria disculpes i podrien anar-se'n tranquil·lament d'allà. Així ho va fer saber a en Víctor.

—Estic segura que en Dani Ogre ens deixarà marxar de seguida.

—No ho farà –es va limitar a respondre Víctor.

—Per què n'estàs tan segur?

—Conec en Dani Ogre. Ell em va treure de l'orfenat i em va segrestar.

Les últimes paraules d'en Víctor van tornar a despertar la curiositat de la Mari Pepa.

—Et va segrestar? –va preguntar amb incredulitat.

—Sí.

—Però no és fàcil treure un nen d'un orfenat, emportar-se'l perquè sí i... –la Mari Pepa va intentar raonar en veu alta.

—En Dani Ogre va donar diners al director de l'orfenat perquè arreglés les coses. Ho tenen tot pactat.

—I per què volia segrestar-te?

—No has vist mai els divendres *El xou d'en Dani Ogre*?

—Als meus pares no els agrada aquest programa. Diuen que en Dani Ogre és un carnisser i converteix la gent en carn picada, i que després se la menja com una hamburguesa.

—Des de fa uns mesos l'audiència del programa està baixant –va continuar en Víctor–. Per això em va segrestar.

—Què té a veure l'audiència amb tu? –la Mari Pepa seguia absolutament desconcertada.

—Ell es pensa que si explica la meva vida al programa tornarà a pujar l'audiència. Fa no sé quantes setmanes que ho anuncia: *La tragèdia d'en Ve, un nen sense ningú al món*. Si veiessis el programa ho sabries. Demà, divendres, és el dia anunciat.

—Et dirà *Ve*?

—Sí, no pot dir el meu nom. I la meva cara sortirà borrosa perquè ningú em pugui reconèixer.

Encara que mai els veia, la Mari Pepa havia sentit parlar molt d'aquests programes en què es criticava la gent sense respectar la seva intimitat. Recordava una frase de la seva mare: "Tothom els critica, però ningú deixa de veure'ls." Sabia que a aquests programes sempre hi anaven adults i famosos, i li resultava estrany que en Dani Ogre hagués recorregut a un nen per fer pujar l'audiència.

D'altra banda, va pensar que tampoc era tan dramàtica la situació d'en Víctor, perquè al cap i a la fi no era dolent sortir a la tele. A la majoria de la gent li encantaria, i no parlem de la majoria dels nens.

—El pitjor és que en Dani Ogre no en tindrà prou d'explicar la meva vida –va dir de sobte en Víctor, com si hagués llegit els pensaments de la Mari Pepa.

—Què vols dir?

—El pitjor és que vol... adornar-la.

—Adornar-la?

—Ell en diu així, adornar-la. Diu que com més l'adornem més pujarà l'audiència. Vol que digui un munt de mentides, com que després de morir els meus pares em va recollir un domador d'un circ, que em feia treballar de sol a sol netejant els excrements dels animals salvatges, que de vegades m'atacaven, i que si no ho feia em donava cops de fuet a l'esquena.

—Oh! –la cara de la Mari Pepa es va omplir de sorpresa.

—Vol que digui que vaig estar vivint al carrer, dormint als portals, amb una banda de delinqüents que robava i pegava la gent; i que em drogava inhalant cola d'enganxar.

—Oh!

—Vol que digui que el meu avi Pau m'obligava a treballar recollint ferralla pels carrers, i que cada dia em clavava una pallissa.

La Mari Pepa havia tornat a quedar captivada per les paraules esgarrifoses d'en Víctor. Fins llavors ni tan sols li havia passat pel cap que pogués haver-hi un nen semblant, amb una història al darrere que no deixava de posar-li la pell de gallina.

—Oh! –l'última exclamació li va sortir del fons de tot del cor.

—Quan em va explicar els seus plans vaig mirar d'escapar-me –va continuar en Víctor–. Vaig aconseguir sortir de casa seva, però em va agafar al jardí, al costat d'una reixa de ferro molt alta, que provava d'escalar. Fins aquell moment, en Dani Ogre m'havia tractat de convèncer a les bones, però des de llavors em va amenaçar amb coses terribles si el desobeïa. Vaig intentar tornar-me escapar diverses vegades, però casa seva és com una presó. Sempre m'agafava i augmentava les seves amenaces. Una vegada em va tancar en una habitació petita, a sota de les escales. Em va tenir dos dies sencers sense sortir.

—Jo m'hauria mort de por –va comentar la Mari Pepa.

—Però just quan vaig decidir rendir-me i fer tot el que em demanés, va tenir un descuit. Es va deixar les claus de la casa a la butxaca d'una jaqueta que havia penjat al respatller d'una cadira. Vaig aprofitar el moment en què va decidir banyar-se, mentre l'assistenta preparava el sopar a la cuina. Vaig agafar les claus, vaig ficar les meves coses en una maleta i vaig marxar molt de pressa.

—Llavors va ser quan et vam trobar?

—Sí, llavors va ser quan vaig trobar el club dels tocats de l'ala. Feia dos dies que era per aquí, fugint.

La Mari Pepa havia seguit atenta el relat d'en Víctor. Tenia la sensació que totes les peces del trencaclosques havien encaixat per fi. L'únic problema era que a partir d'aquell moment no se solucionaven les coses, sinó tot al contrari. I ella, sense adonar-se'n, hi era ben bé al mig.

—T'has ficat en un bon embolic, Mari Pepa.

Les paraules d'en Víctor l'arribaven a espantar.

—No s'atrevirà a fer-nos res –tractava de donar-se ànims–. Jo tinc pares i, si no ho han fet ja, molt aviat començaran a buscar-me. I si no em troben, avisaran la policia.

—No coneixes en Dani Ogre –era una frase que sembla que a en Víctor li agradava repetir.

—I tu no coneixes els meus pares. Farien qualsevol cosa per mi.

Hi va haver un silenci molt llarg. En Víctor havia decidit deixar de parlar, perquè pensava que ja havia explicat tot el que havia d'explicar, i la Mari Pepa s'estava posant nerviosa, molt nerviosa. El silenci, lluny de calmar-la, l'alterava més, per això el seu cervell va funcionar amb rapidesa i de seguida va trobar una pregunta que li semblava molt important.

—Què faràs?

—Ja no penso resistir-me més –va respondre en Víctor, derrotat–. Aniré al programa demà i diré tot el que ell vulgui que digui. Ja no m'importa res.

—Diràs també que el teu avi Pau et pegava?

En Víctor va sentir la pregunta de la nena com una punxada. La va mirar de reüll, amb cara de pocs amics, i va preferir no respondre.

9 Un pla per a la xinesa

De fora arribaven molts sorolls, sobretot dels cotxes que circulaven pel carrer en tots dos sentits. Però també se sentien converses de la gent que passava per la vorera i altres sons que no sabien identificar.

Aviat, per una conversa que es podia sentir amb tota nitidesa, van descobrir que en Dani Ogre era a fora amb una altra persona, i això els va fer sospitar que havia arribat el seu treballador, el que havia d'anar fins allà amb un cotxe.

La Mari Pepa i en Víctor es van aixecar i van escoltar atentament, amb l'orella enganxada a la paret del quiosc; encara que aconseguien sentir-los les veus, els resultava difícil entendre què deien, perquè el soroll dels cotxes de vegades tapava les seves paraules.

Parlaven de la motocicleta. En Dani Ogre deia que enviaria algú a recollir-la, però que de cap manera tornaria a deixar sol en Víctor, perquè no se'n fiava. No volia que tornés a escapar-se la vigília del programa.

Poc després van sentir amb claredat el soroll del pany. Es van mirar. Els seus gestos eren una barreja de preocupació i angoixa. Van retrocedir una mica quan la porta es va obrir, però en el moment en què en Dani Ogre els va comminar a sortir amb un enèrgic gest de braç van obeir sense piular.

El presentador havia tornat a posar-se el casc i, com de costum, portava la visera avall. Sens dubte, preferia que ningú no el reconegués, i no precisament per evitar el destorb d'haver de signar algun autògraf, sinó perquè ningú pogués descobrir la seva autèntica personalitat.

La Mari Pepa, quan es va veure al carrer, va decidir posar fi a la situació, que s'estava convertint en un malson. Ja era massa tard per seguir allà. La seva prioritat era tornar a casa tan aviat com fos possible, perquè en cas contrari els seus pares començarien a sentir-se una mica més que intranquils.

—Els meus pares deuen estar preocupats –va dir–. Me'n vaig a casa meva.

Va posar-se a caminar decidida, però l'acompanyant d'en Dani Ogre, un home fornit de gran estatura la va aguantar per un braç. Els seus dits eren com urpes gegantines. Feia tanta força que li feia mal. Ella va tractar inútilment de deixar-se anar.

—Al cotxe! –va dir en aquell moment en Dani Ogre, i va assenyalar un vehicle aparcat uns metres més amunt.

En Víctor va caminar pel seu propi peu, arrossegant la maleta, de la qual no se separava ni un moment, perquè hi guardava totes les coses que tenia. La Mari Pepa va anar gairebé sense torcar de peus a terra, arrossegada per la força descomunal d'aquell homenàs.

—Què farem amb la xinesa? –va preguntar al presentador.

—Tinc grans plans: segrest, màfia xinesa, famós presentador de televisió que investiga, desaparició... Ha, ha, ha!

—Ets un geni, Dani.

—Mai no m'hauria pensat que l'audiència del meu programa estigués en mans d'uns marrecs. Però ja ho veus, així és la vida. Ha, ha, ha!

Els van fer entrar a la part posterior del cotxe i van tancar les portes després d'advertir-los que quedarien bloquejades i que seria inútil intentar obrir-les.

L'homenàs es va posar al volant i en Dani Ogre va ocupar el seient de copilot.

Era un cotxe gran i ampli, amb el sostre molt alt. Semblava una barreja de monovolum i tot terreny. Els seients, de cuir, tous, semblaven més un confortable sofà de tres places. Tot allà dins revelava sofisticació i luxe, amb molts detalls per tot arreu. Els vidres eren molt foscos, d'aquests que no permeten veure res des de fora. Tot just arrencar, unes cortinetes van baixar del sostre i els van tapar per complet. Al mateix temps, un vidre de les mateixes característiques, que semblava sorgir del no-res, es va elevar entre els seients davanters i els posteriors. La Mari Pepa i en Víctor van tenir la sensació que els havien tancat dins una urna. Era evident que en Dani Ogre pretenia impedir una possible fugida i que no veiessin el recorregut que farien.

Van estar aproximadament quaranta minuts a dins del vehicle. Durant tot aquell temps, en una pantalla de plasma que va baixar del sostre, es van succeir pel·lícules curtes de dibuixos animats. El famós presentador volia entretenir-los d'aquella manera, encara que va aconseguir l'efecte contrari.

—Es pensa que som uns nens petits i pot entabanar-nos amb dibuixos animats –va comentar en Víctor.

—Tot això està passant? –es va preguntar la Mari Pepa en veu alta.

Ella seguia sense creure's res de tot allò. Es pensava que mai no havia viscut una tarda com aquella, en la qual els esdeveniments més sorprenents se succeïen com la cosa més natural del món.

—No ho dubtis –li va contestar en Víctor.

—Sembla impossible.

—A mi ja res no em sembla impossible.

Només quan el cotxe es va aturar del tot es van alçar les cortinetes que tapaven els vidres i va baixar la mampara que separava uns seients dels altres.

La Mari Pepa i en Víctor van mirar àvidament cap a fora, però van quedar decebuts en comprovar que eren a dins d'un garatge gran, en el qual hi havia altres cotxes aparcats.

—No som a casa seva –es va limitar a dir en Víctor.

En Dani Ogre i el seu acompanyant van baixar del

cotxe, van obrir les portes posteriors, i els van convidar a sortir fent gestos evidents amb els braços.

Els nens van obeir sense piular.

Per primera vegada, la Mari Pepa va poder veure amb claredat el rostre del presentador, aquell rostre que tot el país coneixia. I aquesta visió la va intranquil·litzar encara més. La seva mirada era dura i freda i el perenne somriure de la seva boca era fals, fingit, hipòcrita.

En aquell moment es va lamentar de no ser una xinesa en tota regla, una xinesa que sabés tot tipus d'arts marcials, com aquestes heroïnes que de vegades havia vist a les pel·lícules i als videojocs. Si fos així, podria fer un crit molt fort que fes esgarrifar els enemics, i després saltar de manera sorprenent, fer cabrioles a l'aire com un ocell i donar dos terribles cops de peu, un a la cara d'en Dani Ogre i un altre a la del seu acompanyant. Sens dubte, la força de l'impacte els deixaria fora de combat. Llavors en Víctor i ella podrien fugir.

"No sóc xinesa –es va dir–. No sé lluitar com lluitaria una xinesa."

Van sortir del garatge i van recórrer un llarg passadís que quasi no tenia portes. Al final, n'hi havia una de gran, d'aspecte sòlid, metàl·lic, de doble full. El mateix Dani Ogre la va obrir de bat a bat i amb un altre gest els va convidar a entrar.

—On som? –es va atrevir a preguntar en Víctor.

—En un lloc segur, d'on no podreu fugir.

En franquejar la porta es van veure en un espai molt gran, amb uns sostres altíssims, travessats per riells d'on penjaven focus de totes les mides. En un lateral es distingia amb claredat una plataforma que s'elevava una mica de terra i darrere seu un decorat que els resultava molt familiar. Era el decorat d'*El xou d'en Dani Ogre*. A davant hi havia les grades on s'asseia el públic que assistia en directe al programa.

—Tinc el meu propi estudi de televisió –va dir el presentador amb orgull–. Des d'aquí s'emet cada divendres el meu programa. Des d'aquí s'emetrà el de demà i estic segur que batrem el rècord d'audiència.

Van travessar el plató i van tornar a passar per més passadissos. Només se sentia el soroll tènue de les seves petjades i el de les rodes de la maleta d'en Víctor. Allò semblava un autèntic laberint. Hi havia portes i portes gairebé sense interrupció, i en cadascuna hi havia un cartell que indicava alguna cosa.

—Demà hi haurà molta gent –va dir de sobte en Dani Ogre–. Cadascú al seu lloc, atent a la seva tasca. Tots amb una idea fixa al cap: que *El xou d'en Dani Ogre* no tingui rival a la televisió.

A continuació, va obrir una d'aquelles portes i els va assenyalar unes escales descendents i poc il·luminades. La Mari Pepa i en Víctor van baixar al davant. En Dani Ogre i l'homenàs, al darrere. Un nou passadís els va conduir fins a una habitació molt desendreçada, amb molts mobles amuntegats els uns sobre els altres: taules d'oficina, cadires de diversos models, prestatgeries, dos sofàs grans, un televisor... Era completament interior, sense finestres, i només tenia una porta, a més de la d'entrada, que com que era mig oberta es veia que era la d'un bany.

—Aquí tindreu de tot –els va dir en Dani Ogre–. Podreu dormir als sofàs, que són molt còmodes. Personatges molt famosos s'hi han assegut. Si us avorriu, podeu veure la tele. Ah! D'aquí a una estona us portarem alguna cosa per menjar.

I sense dir res més, en Dani Ogre i el seu acompanyant van sortir i van tancar la porta amb clau.

La Mari Pepa i en Víctor van estar explorant durant uns minuts aquell lloc, per veure si hi havia cap possibilitat de sortir-ne. Van quedar desolats en adonar-se que sols mai no podrien fugir. L'únic accés era la porta d'entrada, que era de ferro i que devia tenir un d'aquells forrellats impossibles d'obrir sense la clau.

Poc després va tornar l'homenàs i, com els havia anunciat en Dani Ogre, els va portar una bossa plena de menjar i una ampolla d'aigua grossa. Encara que la Mari Pepa se li va adreçar i li va fer algunes preguntes, no va obrir la boca i va callar obstinadament. Abans de sortir els va dedicar una mirada que cap dels dos va saber interpretar.

Quan va tornar a tancar la porta per fora hi va haver un silenci absolut. La Mari Pepa i en Víctor s'havien assegut als sofàs, i s'havien quedat immòbils. Tenien la sensació de ser en una habitació cuirassada, sota terra, en una mena de búnquer a prova de bombes atòmiques. Si alguna cosa era evident en la seva situació era la impossibilitat d'una fuga.

De sobte, la Mari Pepa es va adonar que per primera vegada al llarg del dia –el dia més boig de la seva vida, per descomptat– estava vivint uns instants de calma, de calma anguniosa, però de calma. Això li va permetre reflexionar una mica. El seu primer pensament va ser per als seus pares, els va imaginar buscant-la pel barri, cridant el seu nom pels carrers, preguntant als veïns, trucant per telèfon als seus amics. Potser ja havien avisat la policia. Ells sabien que la seva filla era una bona noia i que no feia tard sense motiu.

Va pensar que el seu alliberament seria cosa de temps. Unes hores, potser. Uns minuts. Els trobarien segur. Estava convençuda que en qualsevol moment la porta, aquella porta de ferro que semblava infranquejable, saltaria pels aires i apareixerien els seus pares acompanyats de la policia.

Va sentir llàstima per en Víctor, llàstima que ningú el busqués, que hagués estat segrestat per un home malvat i que ningú no l'hagués trobat a faltar. Ella tenia sort. A ella sí que la buscaven, segur que molta gent ja ho estava fent. Segur que la seva mare havia començat a plorar i el seu pare, mossegant-se les ungles –es mossegava les ungles quan estava preocupat–, intentava consolar-la. D'una banda, no li agradava imaginar-se els seus pares així, patint per ella. Però d'altra banda, li agradava saber que altres persones es preocupaven i que ho feien, senzillament, perquè l'estimaven molt.

10 Dos noms per a un club

En Víctor es va aixecar del sofà i va agafar la bossa de menjar que poc abans els havia deixat l'homenàs. La va obrir i va mirar què hi havia a dins, però de seguida el seu gest es va omplir de decepció.

—No s'han molestat gaire –va dir, alhora que extreia de la bossa dos entrepans embolicats amb paper d'alumini–. Quin prefereixes?

—No tinc gana –va respondre la Mari Pepa.

En Víctor li va llançar un dels entrepans. La Mari Pepa va reaccionar a temps i el va agafar al vol.

—No et servirà de res deixar de menjar –li va dir en Víctor.

—No tinc gana –va repetir ella.

Amb aparent indiferència, en Víctor va desembolicar el seu entrepà, va obrir les llesques de pa per veure què hi havia i va començar a menjar-se'l. Feia unes mossegades enormes, que li deixaven la boca completament plena durant uns segons. Havia de mastegar amb dificultat fins que aconseguia empassar-s'ho.

La Mari Pepa se'l mirava, encara que el seu cap no deixava de saltar d'un lloc a l'altre. Pensava en unes paraules inquietants que havia pronunciat en Dani Ogre referides a ella.

—Què creus que té preparat per a mi? –li va preguntar.

—No ho sé –va respondre en Víctor amb la boca plena i arronsant les espatlles.

—Ha parlat d'un segrest, de la màfia xinesa, de desaparició... –a la Mari Pepa les seves pròpies paraules l'omplien de por.

—El seu cap no deixa de pensar coses, i cap de bona.

—Però jo no li he fet res dolent.

—Ni jo tampoc.

—Doncs ens haurà de deixar anar, la policia ja ens deu estar buscant.

—Potser et busquen a tu. A mi segur que no em busca ningú.

I en Víctor va clavar un altre mos monumental a l'entrepà.

Llavors la Mari Pepa va començar a pensar en en Joanan. La veritat és que no podia dir que sabés gaire res d'ell, perquè l'acabava de conèixer gràcies al cartell que havia posat al tauler d'anuncis de l'escola. Però ell podria ajudar a trobar-los, perquè sabia que en Víctor fugia d'en Dani Ogre. El pitjor era que possiblement no s'adonaria de res fins a les cinc de la tarda del dia següent, quan tornés a la plaça de l'Arbre Solitari, el seu lloc de trobada. Només llavors, quan comprovés que ella no es presentava a la cita, podria imaginar que alguna cosa estranya havia succeït i, després, quan anés fins al quiosc de diaris abandonat i s'adonés que tampoc hi havia en Víctor, començaria a preocupar-se seriosament.

Preferia pensar que, com li havia passat a ella, en Joanan potser hauria decidit passar pel quiosc per portar alguna cosa a en Víctor. Si fos així, descobriria que estava passant alguna cosa estranya. Però... què faria en Joanan llavors? A qui ho diria? No tenia ni la seva adreça ni el seu número de telèfon. S'acabaven de conèixer.

La Mari Pepa descobria un munt de dificultats i els seus ànims flaquejaven. Per què de sobte les coses s'havien complicat tant per a ella? No podia entendre-ho. No podia comprendre com era possible que la seva vida hagués canviat en unes hores i tot el que era normal i corrent hagués deixat de ser-ho i, al contrari, les coses més absurdes es convertissin en allò més habitual.

Li venien ganes de posar-se a plorar i no parar fins que algú la tragués d'allà i la tornés a la seva vida quotidiana. Però ja ni tan sols podia plorar. D'una banda, no volia que en Víctor es pensés que era una xinesa ploramiques. D'altra banda, tenia tanta por que ni tan sols les llàgrimes li venien als ulls, com si també estiguessin espantades i preferissin quedar-se ben amagades als llagrimals.

Llavors, sense saber per què, va desembolicar l'entrepà que li havia donat en Víctor, va obrir la boca tant com va poder i va fer una mossegada gegant. Era tan gran que fins i tot li va costar molt separar el tros. Es va sentir la boca tan plena que va estar temptada de ficar-s'hi els dits i treure-ho, però va començar a mastegar amb esforç.

—T'ofegaràs –li va dir en Víctor.

A poc a poc va anar triturant el menjar i per fi va aconseguir empassar-se'n una mica.

—Estava pensant que potser en Joanan ha anat al quiosc.

—No ho crec.

—El mateix que he pensat jo de dur-te menjar i una manta, ho ha pogut pensat també ell.

—I què?

—Doncs que s'adonarà que no hi ets i podrà donar la veu d'alarma. Dirà que ha estat en Dani Ogre qui t'ha segrestat.

—Però ell no ha vist mai en Dani Ogre.

—L'hem vist tots dos.

—Heu vist un motorista amb el casc posat i la visera avall.

—Però aquest motorista era...

—Només tu i jo sabem de debò qui era –la va tallar en Víctor–. Serà la paraula d'uns nens tocats de l'ala contra la d'un famós presentador de televisió. A qui creus que farà més cas la gent?

—Però si es descobreix que jo també he desaparegut...

—Recorda el que ha dit en Dani Ogre. Ell ja ha pensat en una cosa per a tu.

A la Mari Pepa l'aterria encara més la sang freda que mostrava en Víctor, i també el seu desànim. Feia la sensació que ja s'havia rendit i no oferiria resistència. Semblava que no estava disposat a lluitar i havia assumit la derrota.

Va pensar que no havia de deixar-se contagiar per la seva desmoralització. Ella havia de continuar lluitant, rebel·lar-se contra aquella situació que ni tan sols havia buscat, resistir, pensar que no era possible que una cosa semblant pogués passar en la realitat.

Amb ràbia, va fer una altra mossegada gegant a l'entrepà.

Van encendre el televisor, per veure si les notícies deien alguna cosa del seu segrest. Però encara que van veure dos telenotícies sencers cap feia referència a la seva desaparició. Això sí, en una cadena van poder veure un anunci del programa d'en Dani Ogre del dia següent. El rostre somrient del presentador omplia la pantalla mentre que una veu en off en desgranava el contingut. Entre els afers que tractaria n'hi havia un que semblava el més important, sobretot per la reiteració amb què s'hi insistia: *La tragèdia d'en Ve, un nen sense ningú al món*.

—Parlen de tu –li va dir la Mari Pepa.

—Ja ho sé.

Finalment, i com que en els diferents canals van començar programes que no els interessaven, van decidir treure el so al televisor. Amb la imatge n'hi hauria

FRAGIL

prou per alertar-se si en algun moment anunciaven l'esperada notícia del seu segrest.

En Víctor va acostar la maleta al sofà on s'havia assegut i la va obrir. Va obrir la cremallera interior de la tapa i va buscar fins que va treure el CD que li va regalar el seu avi Pau abans de morir.

Va mirar un cop més la caràtula ocupada majoritàriament per un nombrós grup de gent, presidit pels components del grup, vestits amb uniformes estranys i multicolors, i un gran tambor col·locat verticalment en el qual es podia llegir el títol.

Sgt. Pepper's Lonely Hearts Club Band.

A sota, la paraula *BEATLES* estava formada per flors vermelles.

—El meu avi Pau em va explicar que totes les persones que apareixen en aquesta foto són famoses, però jo no en conec cap.

La Mari Pepa es va asseure al costat d'en Víctor i va mirar amb curiositat la caràtula.

—Jo tampoc no les conec –va comentar.

—Són famoses, però antigues –va puntualitzar en Víctor–. A dins hi ha els noms, però tampoc no em sonen.

—És bonic –va dir de sobte la Mari Pepa.

—L'has escoltat?

—No.

—Com pots saber-ho llavors?

—Em referia al títol. Em sembla que si algun dia nosaltres forméssim un club de debò podríem dir-nos així: el club dels cors solitaris.

—Només jo podria formar part del club dels cors solitaris.

La Mari Pepa es va quedar pensant seriosament en les últimes paraules d'en Víctor. En el fons, tenia raó. Ell era l'únic solitari. I de quina manera! Ell tenia tot el dret del món a entrar en aquest club. Ella no el va envejar, sinó al contrari. Va sentir un alleugeriment quan va recordar que no estava sola al món, que hi havia moltes persones al seu voltant que es preocupaven per la seva sort i que, sobretot, l'estimaven molt. Ella també estimava molt aquestes persones, i va pensar que era una sort estimar i ser estimada. Això era el més important.

Llavors va mirar detingudament en Víctor, que no apartava la mirada de la caràtula del disc, com si volgués aferrar-se al record del seu avi Pau, l'última persona que l'havia estimat.

Es va sorprendre a si mateixa quan va pronunciar unes paraules:

—Jo t'estimo, Víctor.

—Què dius? –sorprès, va aixecar la mirada del disc.

—És veritat –va insistir ella–. Per què et penses que he tornat al quiosc amb menjar i amb una manta?

—El que passa és que sents llàstima de mi –li va replicar, arrugant el front en senyal d'incredulitat.

—No!

—Ja m'ha passat abans. No vull que ningú senti llàstima de mi.

—Doncs si vas al programa d'en Dani Ogre tothom sentirà llàstima de tu. Això és el que ell vol.

—És diferent. Allà hi aniré per força.

—Nega't a sortir en aquest programa.

—Ja ho vaig fer i no va servir de res. Només vull que passi demà i que em deixi en pau.

—No et deixarà en pau.

—M'ho ha promès.

—Ara et creus les seves promeses? Si puja l'audiència, com espera, tornarà a treure't la setmana que ve, i l'altra, i l'altra... Et triturarà com si fossis carn picada i et menjarà com una hamburguesa.

En Víctor va tornar a concentrar la mirada en la caràtula del disc i amb el dit índex va anar recorrent una per una totes les figures que hi havia representades.

—No pots estimar-me –va dir en veu baixa–. M'acabes de conèixer.

—I això importa?

—Sí que importa.

—I em sembla que també t'estima en Joanan. Per això ha anat a buscar la clau del quiosc abandonat.

—Esteu tocats de l'ala –en Víctor va fer que no amb el cap.

Ella no deixava de mirar-lo ni un moment, com si la seva mirada fos atreta per un poderós imant. Va pensar en les seves pròpies paraules, les que havia pronunciat un moment abans, i es va adonar que les havia dit sincerament, que li havien brollat de la boca de manera espontània. No sabia per què, però era veritat que de sobte sentia afecte per en Víctor, un afecte sincer, com si el conegués de tota la vida.

—Pots riure-te'n, però quan sortim d'aquí m'agradaria que forméssim un club de debò, com el del sergent Pepper –li va dir.

—Qui? –va preguntar en Víctor.

—En Joanan, tu i jo. Després, s'hi podria apuntar més gent. I m'agradaria que ens diguéssim el Club dels Cors Solitaris.

—Aquest nom pertany al sergent Pepper.

—No crec que li importi que el fem servir.

—Val més que ens diguem el Club dels Tocats de l'Ala.

A la Mari Pepa li van agradar molt les últimes paraules d'en Víctor, perquè donava per fet que ell també pertanyeria al club, és a dir, que continuaria sent amic seu.

—El Club dels Cors Solitaris!

—El Club dels Tocats de l'Ala!

—Si no ens posem d'acord, haurem de fer una votació.

—Convenceré en Joanan perquè voti pel Club dels Tocats de l'Ala.

—No et serà fàcil, perquè jo el convenceré del contrari.

La Mari Pepa es va adonar que, durant uns minuts, s'havia oblidat de la situació angoixosa que estava vivint. I el fet la va sorprendre molt.

El temps passava molt lentament. La Mari Pepa només es mirava el rellotge i es desesperava en comprovar que sempre havia passat menys temps del que creia. Estava desitjant que arribés divendres, perquè intuïa que divendres, d'alguna manera, aquell malson s'acabaria.

Encara que hi havia dos sofàs amplis, es van estirar al mateix. Van apagar el llum, però van deixar el televisor encès, sense so. Això feia que l'habitació es poblés d'ombres que semblava que es movien d'un costat a l'altre, entre els mobles amuntegats.

—Tens por? –va preguntar la Mari Pepa a en Víctor.

—No sento res.

—Doncs jo estic morta de por. Puc acostar-me més a tu?

—Sí.

La Mari Pepa es va arrupir al costat d'en Víctor.

—Em sembla que no podré dormir en tota la nit.

—Això ho he pensat jo moltes vegades, però al final sempre em quedo adormit. La son ho pot tot.

Estava convençuda que la son no la podria vèncer. Li haurien de donar un somnífer per adormir-se, i ni tan sols així n'estava segura. Com s'havia d'adormir si no era al seu llit ni a casa seva? Com podria relaxar-se prou si havia estat segrestada per un malvat i famós presentador de televisió, que assegurava que tenia plans per a ella? Com li havia de venir son en aquella postura tan incòmoda, sobre un sofà, al costat d'un noi?

Es va adonar que en Víctor havia tancat els ulls i que la seva respiració s'havia tornat més profunda, això li va fer pensar que ja estava dormit.

—Tu creus que al teu avi Pau li hauria agradat que seguissis el joc a en Dani Ogre? –li va preguntar amb una veu molt feble.

—No –va respondre en Víctor sense obrir els ulls.

—Doncs llavors no ho facis. Nega-t'hi.

—En Dani Ogre m'ha amenaçat. Si m'hi nego, complirà totes les seves amenaces. A més a més, ja no m'importa gens el que la gent pensi de mi.

I en Víctor es va girar, donant a entendre que no volia continuar parlant i que preferia dormir.

"No podré dormir, no podré dormir, no podré dormir...", repetia la Mari Pepa una vegada i una altra.

Lluny d'on la Mari Pepa i en Víctor havien estat tancats, a la seva habitació, fent voltes i més voltes sobre el llit, en Joanan tampoc no podia dormir. La preocupació inicial ja s'havia convertit en angoixa. Ell també havia tornat al quiosc amb menjar i una manta per a en Víctor, però quan va arribar se'l va trobar buit i amb la porta oberta. Va buscar pels voltants i finalment va recórrer el barri sencer, fins i tot zones per les quals mai havia estat abans. Es va atrevir fins i tot a preguntar a algunes persones si havien vist un noi de la seva edat amb una maleta.

Li passaven mil idees pel cap, i cap de bona. La que més pes agafava era la que en Dani Ogre havia descobert l'amagatall d'en Víctor i se l'havia endut per força.

Mentre tornava a casa seva, descoratjat, pensava que hauria de dir-ho a la Mari Pepa. Potser entre tots dos tindrien alguna idea. Però, com podia localitzar la Mari Pepa? S'havien conegut aquella mateixa tarda i ni tan sols sabia on vivia. Es preguntava si podria esperar fins a les cinc del dia següent, hora de la nova cita, per fer el que fos.

Quan va arribar a casa seva va decidir explicar-ho tot als seus pares, però no es van creure ni una sola paraula del que els va dir. Ell era un nen fantasiós, a qui agradava inventar-se moltes històries, i no només inventar-les, sinó que fins i tot les dibuixava en forma de còmic. Per això, els seus pares es van limitar a dedicar-li un somriure i a dir-li que li quedaria un còmic magnífic quan ho dibuixés. Va entendre immediatament que insistir no li serviria de res.

No aconseguia apartar en Víctor del seu pensament ni un sol instant, i amb aquesta inquietud se'n va anar al llit. Però no es va asserenar, sinó tot al contrari, i mil idees li venien al cap sense parar.

Va ser llavors quan es va decidir a actuar. I el que se li va ocórrer li va semblar molt arriscat. No només perquè havia de sortir de casa seva sense que els seus pares se n'adonessin, sinó també perquè no les tenia totes sobre el resultat que podia aconseguir.

La comissaria de policia era relativament a prop de casa seva, només a uns cinc minuts de camí. Això el va animar. Quan els seus pares es van posar a dormir es va llevar sigil·losament, es va vestir i caminant de puntes va anar fins a la porta. La va obrir molt lentament i va sortir. El cor li bategava tan fort que va pensar que seria descobert per aquests cops que semblava que li esclataven dins el pit.

Un cop al carrer, va arrencar a córrer i no es va aturar fins que va arribar a la comissaria. Sufocat, es va aturar a l'entrada, on un policia li va barrar el pas i li va preguntar on anava. Estava tan sufocat que ni tan sols podia articular les paraules.

I de sobte, suat com estava, va descobrir una cosa que el va deixar bocabadat. A només uns metres, al vestíbul, un home i una dona explicaven a uns policies que la seva filla de deu anys havia desaparegut. La descrivien angoixats fil per randa i repetien una vegada i una altra el seu nom.

En Joanan no ho va dubtar ni un instant. Aquell home i aquella dona parlaven de la Mari Pepa que ell havia conegut aquella mateixa tarda a la plaça de l'Arbre Solitari. Només podien ser els seus pares.

—Jo sé què ha passat! Jo sé què ha passat! –va cridar amb totes les forces, mentre esquivava el policia que l'havia aturat.

11 Notícies de la tele

Quan es va despertar, la primera cosa que va sorprendre la Mari Pepa va ser el fet d'haver-se pogut adormir. Com era possible haver agafat son en aquelles circumstàncies tan terribles? Al final, en Víctor havia tingut raó i la son s'havia sortit amb la seva.

L'habitació seguia tal com l'havien deixat, amb el llum apagat i el televisor connectat. Feien notícies. Aquell informatiu matinal li resultava conegut, perquè era el que els seus pares solien veure a la cuina mentre esmorzaven. Això volia dir que havia passat tota la nit i que, per consegüent, ja era divendres.

Va intentar incorporar-se, però es va adonar que en Víctor, que encara dormia, l'abraçava. Se'l volia treure de sobre d'una empenta, però es va aturar quan li va veure la cara ben a prop de la seva: els cabells embullats, la boca entreoberta, els ulls tancats... Semblava que dormia plaentment, sense cap problema.

Llavors, la Mari Pepa, molt lentament, li va acostar els llavis a la galta i li va fer un petó molt suau.

—Que consti que no et faig un petó perquè em facis llàstima –va murmurar molt baix.

Després es va desfer de la seva abraçada amb moltes dificultats i va aconseguir asseure's al sofà. Amb el comandament va connectar el so del televisor i es va quedar mirant-lo atentament, perquè estava convençuda que d'un moment a l'altre començarien a parlar d'ella i de la seva misteriosa desaparició.

Però aquell telenotícies, com de costum, només parlava de conflictes arreu del món, i entre tant de conflicte semblava que s'havien oblidat del seu, que no era petit.

Llavors van tornar a venir-li ganes de plorar, moltes ganes de plorar. Va intentar contenir-se. Va pensar que si plorava els ulls se li tornarien encara més petits, com dos traços a la cara, i gairebé ni es veurien. Va mirar de pensar en altres coses que li ofeguessin la pena, però res no podia mitigar aquella angoixa. Al final va començar a plorar desconsoladament.

—No ploris –en Víctor ja s'havia incorporat també i li va posar una mà a l'espatlla, per donar-li ànims.

—No vull fer-ho, em fa molta ràbia plorar, però...

—Plorar no serveix de res.

Sempre se sorprenia de la manera de parlar d'en Víctor. Les seves paraules no semblaven d'un nen, encara que tampoc d'un adult. Va recordar que malament que l'havia tractat la vida i el va justificar. Estava ressentit amb la vida, per això parlava d'aquesta manera, amb indiferència i duresa aparents.

Van acabar les notícies i no van dir ni una paraula de la seva desaparició. Va buscar altres informatius en diferents cadenes, però no va obtenir resultat. La Mari

Pepa no podia creure's que tot el país no l'estigués buscant.

Poc després es va obrir la porta i va entrar l'homenàs que, en companyia d'en Dani Ogre, els havia tancat allà la tarda anterior. Portava una bossa de plàstic gran i, sense saludar-los, la va buidar sobre una taula. Hi havia una ampolla de llet, una capsa de pastes, un pot de mantega i un altre de melmelada; també dues tasses de plàstic, amb publicitat estampada, i unes culleretes.

—Prefereixo xocolata amb xurros –va murmurar la Mari Pepa.

L'home va arrugar la bossa i la va llençar cap a un racó. Després, sense dir res de res, es va disposar a marxar.

—Quan em deixaran sortir d'aquí? –li va preguntar la Mari Pepa.

—Jo no decideixo res –va respondre l'homenàs.

—Què ha pensat fer amb mi en Dani Ogre? –va insistir la nena.

—Ell mateix t'ho dirà.

—Per què no ha vingut ell?

—Està molt ocupat amb els periodistes. S'ha organitzat un bon enrenou. Em sembla que aquesta nit batrà el rècord d'audiència.

—L'enrenou... té a veure amb mi?

—És clar que sí.

L'homenàs, sense dir res més, va sortir de l'habitació. A la Mari Pepa li hauria agradat que li digués més coses, que li expliqués els motius exactes d'aquell enrenou. Però, no obstant això, les seves paraules la van tranquil·litzar una mica. Si s'havia organitzat un enrenou per ella havia de ser perquè ja se sabia que havia desaparegut i la devien estar buscant.

En Víctor es va aixecar immediatament i va obrir la caixa de pastes, va treure'n una i hi va fer una mossegada. Mentre mastegava va obrir també l'ampolla de llet i va omplir les dues tasses. La Mari Pepa estava admirada per la seva gana, sempre estava disposat a menjar, no s'atipava amb res.

—Són ben bones aquestes pastes –va comentar amb la boca plena.

La Mari Pepa va anar cap a la taula amb intenció de tastar-les, encara que dubtava que pogués menjar res. Tenia un nus a l'estómac cada vegada més gros i ja se li ramificava per tot el cos, cosa que li creava un gran neguit.

Llavors li van venir ganes de fer pipí i va anar cap al bany. Es va asseure a la tassa del vàter i la va notar molt freda. Al davant hi havia un mirall enorme que tapava gran part de la paret. S'hi podia veure perfectament. Li va fer gràcia veure's fent pipí.

"La xinesa pixanera", va pensar.

Després va mirar-se la cara. Era la mateixa cara que cada matí veia a casa seva, quan es rentava la cara després de llevar-se i es contemplava durant uns segons al mirall. La cara de sempre, però amb una expressió diferent, amb una preocupació nova, amb una por desconeguda...

—Com és possible que et diguis Mari Pepa Gràcia Peris i tinguis aquesta cara de xinesa? –es va dir en veu alta–. Com és possible que passin aquestes coses?

Es va aixecar i va estirar la cadena. Després, va obrir l'aixeta del lavabo i es va rentar la cara. Es llançava grans quantitats d'aigua a la cara, com si el líquid pogués aclarir-li tots els dubtes i inquietuds.

Només va poder esmorzar mitja pasta i mitja tassa de llet. El seu estómac era incapaç d'admetre res més, malgrat que en Víctor no deixava d'animar-la. Al contrari, ell es va menjar la seva part i la que ella no va voler.

A continuació, es van asseure en un dels sofàs, sense saber què fer. Semblava que el temps s'havia aturat.

—Per què m'has fet un petó mentre dormia? –va preguntar de sobte en Víctor.

La Maria Pepa es va sorprendre amb aquella pregunta tan directa i es va sentir avergonyida. No li agradava posar-se vermella, perquè no li agradava que la pell li quedés vermella. Sempre que experimentava aquesta sensació s'imaginava que la pell se li tornava com una bandera vermella i groga. El que li faltava!

—No ho sé –va respondre.

Llavors va pensar que si en Víctor s'havia adonat del petó era perquè no dormia. Només s'havia fet l'adormit per seguir abraçant-la. Era un aprofitat.

—I tu, per què t'abraçaves a mi? –li va preguntar.

—No ho sé –ell va imitar la seva resposta.

Van passar-se tot el matí així, asseguts al sofà, sense moure's quasi gens. De tant en tant s'intercanviaven unes paraules i després hi havia un silenci llarguíssim, un silenci tens i ple de preocupació. A ella de tant en tant li queia una llàgrima, al principi l'eixugava immediatament amb la màniga de la camisa; després, ni tan sols es molestava.

—No m'agrada plorar –es justificava–. Però no puc evitar-ho.

—Plorar no serveix de res.

—Jo no n'estic segura.

Quan els van tancar en aquella habitació tenien la sensació que no se sentia cap soroll. Però amb el pas de les hores havien descobert que sí que se sentien algunes coses, sons insignificants en què no s'haurien fixat en altres circumstàncies: algun cruixit, un soroll de canonades llunyà, un brunzit intermitent...

—Tu has plorat mai?

En Víctor va tombar el cap i va ignorar la pregunta, per això ella la va repetir:

—Has plorat mai?

Ell seguia obstinat, sense respondre. I amb aquesta actitud ja en va tenir prou per entendre que en Víctor també havia plorat, i molt.

Al migdia, per fi, la porta es va tornar a obrir. La tensió acumulada els va fer saltar literalment del sofà. Intuïen que, per bé o per mal, passaria alguna cosa. I en el fons estaven desitjant que passés, que els esdeveniments es precipitessin. Era millor que viure amb aquella incertesa.

L'homenàs es va apartar per deixar passar en Dani Ogre. El presentador no parava de somriure. Semblava que estava content i feliç. Els va mirar de dalt a baix i s'hi va acostar.

—Les coses van molt millor del que jo mateix havia imaginat –els va dir, sense poder contenir un torrent de rialles, que el mantenien tota l'estona amb la boca oberta, mostrant una filera de dents massa perfecta –. Polvoritzaré tots els rècords d'audiència!

—I em deixarà marxar? –li va preguntar de seguida la Mari Pepa, que no podia apartar la mirada de la seva dentadura i s'imaginava que, d'un moment a l'altre, fent honor al seu cognom, aquell presentador se'ls tiraria a sobre i els faria xixines amb aquella màquina de mastegar perfecta.

—Marxar? —el presentador va aguditzar la seva rialla–. Oh, no!

—Els meus pares em deuen estar buscant i...

—Sí! Ja ho crec que t'estan buscant. Estan removent la ciutat sencera. I no només ells, també el vostre amiguet ho està fent. Ha, ha, ha! Va dient que jo he estat el responsable de la vostra desaparició! Ha, ha, ha! Cada vegada que ho repeteixi guanyarem més teleespectadors aquesta nit.

Encara que la Mari Pepa seguia sense entendre què pretenia el presentador, es va tranquil·litzar quan va saber que els seus pares ja s'havien mobilitzat. També li va agradar saber que el seu *amiguet*, com deia en Dani Ogre, deia el que sabia. Feia molt poc temps que havia conegut en Joanan, però sens dubte ja el podia considerar un bon amic. Quan acabés aquell malson s'havien de seguir veient. No era mala idea formar un club. El pitjor seria posar-li nom. Els Cors Solitaris? Els Tocats de l'Ala? La votació dependria d'en Joanan. El convenceria ella o ho faria en Víctor?

En Dani Ogre es va mirar el rellotge de polsera i va agafar el comandament del televisor. Va seleccionar un canal.

—Vosaltres mateixos veureu què està passant –va dir.

Eren les dues de la tarda i just llavors començava un informatiu. Una música estrident l'anunciava a tot drap, mentre moltes imatges impactants se succeïen a velocitat de vertigen. Després, la cara d'una presentadora va omplir la pantalla del televisor. Després de la salutació preceptiva, va fer el que ella mateixa va anomenar un repàs a l'actualitat. Notícies del món: guerres, catàstrofes, emigració, eleccions, manifestacions, esports...

I de sobte, la locutora va anunciar una notícia d'última hora que s'havia produït al país:

—*La nena Mari Pepa Gràcia Peris ha desaparegut. Va sortir ahir al vespre de casa seva i no ha tornat. Els seus pares la busquen desesperadament i la policia ha iniciat una investigació. Un nen, que era amb ella poc abans de la desaparició, assegura que podria haver estat segrestada per en Dani Ogre, el nostre famós i estimat company.*

La Mari Pepa seguia la informació amb la boca oberta. Una foto seva havia aparegut a l'angle superior dret. Després s'havien intercalat unes imatges dels seus pares amb la cara desencaixada mostrant a la càmera la mateixa fotografia. A continuació, va aparèixer en Joanan, al costat d'un reporter que li feia preguntes. Un cercle negre li amagava la cara.

—*Tu vas veure en persona en Dani Ogre?*

—*Sí.*

—*Però, li vas veure la cara?*

—*Bé, portava un casc de motorista i...*

—*Això vol dir que no li vas poder veure la cara.*

—*La cara no, però en Víctor ens va explicar que...*

Llavors el reporter va apartar bruscament el micròfon del nen i es va girar a la càmera. Parlava mirant-la fixament:

—*Víctor és "Ve", un convidat molt especial del programa d'aquesta nit d'en Dani Ogre. Com hauran pogut observar, el relat d'aquest nen és absurd i és ple de contradiccions. Pretén inculpar en Dani Ogre, però reconeix que ni tan sols li va veure la cara. I segons les nostres informacions, "Ve" es troba en perfecte estat en companyia del nostre estimat company, a l'espera de la seva intervenció en directe al programa. Sens dubte, l'enrenou mediàtic ha fet veure a aquest nen coses irreals. Així és el poder de la televisió. Ha informat en directe per a tots vosaltres...*

La Mari Pepa no es podia creure el que veia. En Joanan estava dient la veritat i, malgrat això, no el creien. Però ni tan sols va tenir temps de pensar-ho, perquè just llavors un altre reporter va aparèixer al costat d'en Dani Ogre, amb el micròfon a la mà.

—*Què ens pots dir del que està passant, Dani?*

El zoom de la càmera va acostar el rostre del locutor, fins a aconseguir un primer pla.

La nena va observar la imatge del famós presentador a la pantalla del televisor i després el va mirar a ell mateix, que semblava estar gaudint de debò d'aquella situació, perquè no deixava de riure. Un batalló uniformat de dents va omplir l'habitació.

—*Com tothom es deu poder imaginar, no tinc res a veure amb la desaparició de la Mari Pepa. Però jo, que sempre he estat tan sensible als problemes dels nens, m'he sentit vivament impressionat pel succés, fins al punt que he posat en marxa tots els mitjans al meu abast per trobar-la tan aviat com sigui possible. Puc avançar que he fet descobriments molt importants, que aquesta nit comentaré al programa.*

—*I no pots avançar-nos-en res?*

—*Només diré que, com molts sabeu ja, aquesta nena és d'origen xinès i és molt probable que una màfia xinesa molt perillosa li vagi al darrere...*

—*Vols dir que...?*

—*En segueixo la pista. Tots els teleespectadors ja saben que sempre m'he caracteritzat per exercir un periodisme seriós, rigorós, compromès, d'investigació. Et repeteixo que espero poder donar més dades durant el programa, aquesta mateixa nit.*

—*I per què creus que aquest nen que diu que ha estat amb ells t'acusa a tu?*

—*Mai no he fet cas d'aquestes reaccions, i menys venint d'un nen. Es tracta només de la servitud de la popularitat i la fama.*

Quan va acabar la informació, en Dani Ogre es va ajupir lleugerament al costat de la Mari Pepa i la va mirar de fit a fit. A la nena aquella mirada li va semblar una ràfega de metralladora. Una sensació de terror, que mai abans no havia sentit, se'n va apoderar.

—Ho comences a entendre, petita? –li va preguntar.

La Mari Pepa va afirmar amb un moviment de cap.

—Ets molt llesta.

—Però... algun dia em deixarà tornar amb els meus pares? –la Mari Pepa va sentir un estremiment en fer aquesta pregunta.

—El teu *cas* serà llarg, molt llarg –el somriure d'en Dani Ogre glaçava la sang–. El seguiran milions de persones. Escriuré una bona història per a tu. Et faré molt famosa. Potser fins i tot escriuré un llibre, i és possible que del llibre en facin una pel·lícula.

—I tornaré algun dia amb els meus pares? –va insistir ella, angoixada.

—Això no serà possible, fes-te'n a la idea. Però no serà gaire dur per a tu, pensa que ells no són els teus pares de veritat.

—Ells són els meus pares i jo sóc la seva filla! –va cridar la Mari Pepa plena d'indignació–. Ells m'estimen més que a res al món i jo els estimo més que a res al món!

—Ja trobaré una sortida per a tu –en Dani Ogre va tornar a incorporar-se–. Potser tornaràs al teu país.

—Aquest és el meu país! –les paraules de la Mari Pepa esborraven tots els dubtes i mostraven de forma evident la seva ràbia–. Aquest és el meu país!

En Dani Ogre va fer un gest al seu acompanyant, que va anar immediatament cap a en Víctor, el va agafar per un braç i se'l va endur cap a la porta. El noi havia tingut temps d'agafar la seva maleta per la nansa i endur-se-la.

—Haureu d'acomiadar-vos ara –va dir el presentador, fent cara de llàstima fingida–. En Víctor ha de venir amb mi per preparar tots els detalls del programa d'aquesta nit. Encara que el programa és en directe no m'agrada improvisar res.

Ella va tombar el cap cap al noi i les seves mirades es van trobar. La va commoure un cop més aquell rostre aparentment inexpressiu que revelava un gran patiment interior. No va poder evitar un impuls i se li va acostar.

—Ho faràs? –li va preguntar.

—Tot m'és igual –va respondre ell amb indiferència.

—No pensaràs en el teu avi?

—El meu avi és mort.

En Dani Ogre, que seguia el diàleg, hi va intervenir. Va passar la mà pel cap d'en Víctor i el va escabellar, intentant fingir un gest afectuós, i li va dir:

—Guanyaràs molts diners amb mi.

La Mari Pepa va encongir les espatlles, per donar a entendre que, encara que no la compartia, acceptava la posició d'en Víctor. Un cop més va tenir ganes de plorar, moltes ganes de plorar.

—Hauria estat bonic –va dir empassant saliva.

—El què? –va preguntar en Víctor.

—El Club dels Tocats de l'Ala.

—M'agrada més els Cors Solitaris.

—Em pensava que mai no canviaves d'opinió –a la Mari Pepa li van sorprendre les paraules d'en Víctor.

—Que m'agradi no significa que hagi canviat d'opinió.

En Víctor va intentar somriure, encara que el seu intent només es va quedar en això. No obstant això, la Mari Pepa va percebre el seu gest i va tractar d'agrair-l'hi amb la mirada. En aquell moment va tornar a lamentar-se de tenir uns ulls petits i esquinçats. Ell va fer unes passes titubejants cap a ella i li va fer dos petons a les galtes.

—No sé si ens tornarem a veure –li va dir en veu baixa.

I aquelles paraules van tornar a estremir la Mari Pepa, que va haver de fer un esforç molt gran per controlar-se les llàgrimes. No podia entendre la resignació d'en Víctor. Potser el paralitzava la por que sentia cap a en

Dani Ogre, o potser tots els esdeveniments desgraciats que havien marcat la seva existència el tornaven indiferent.

L'homenàs el va estirar i el va treure de l'habitació. En Víctor no se separava de la seva maleta, hi guardava tot el que tenia en aquest món, i entre aquestes coses insignificants hi havia l'objecte més valuós de tots, aquell CD que li havia comprat el seu avi amb l'encàrrec que l'escoltés de tant en tant al llarg de la vida. *La banda del Club dels Cors Solitaris del sergent Pepper*.

Al darrere va sortir en Dani Ogre, que es va encarregar de tancar la porta amb clau.

12 Una visita imprevista

En Joanan estava en tensió permanent. No havia dormit gairebé gens en tota la nit; però, per culpa del nerviosisme, no tenia ni mica de son. Els seus pares, que sempre li havien retret que s'estigués més temps als núvols que sobre la terra, van arribar a creure que el problema s'havia agreujat i que començava a viure les seves fantasies com si fossin veritat. I es pensaven que aquest mal no tindria més importància si només es quedés a dins de casa seva, a la seva habitació, plasmat en els dibuixos que tant li agradava fer. Però escapar-se de nit i explicar a la policia la història més estrambòtica del món ja era massa.

Ell, d'altra banda, no podia entendre per què els adults es passaven la vida repetint als nens que havien de confiar-hi i explicar-los tot el que els passés i, no obstant això, quan ho feien, els prenien per bojos.

Es va adonar que només un petit detall havia impedit que el seu relat fos cregut pels seus pares la nit anterior. Els havia parlat de la desaparició d'en Víctor, però no se li havia acudit parlar-los també de la Mari Pepa. Si l'hagués anomenat tot seria diferent, perquè hauria quedat clar que la coneixia abans que la seva desaparició es fes pública. Però ara els seus esforços resultaven infructuosos.

—Veus massa la televisió –li deia el seu pare–. I, a més, programes que no són per a nens, com *El xou d'en Dani Ogre.*

—L'únic que has aconseguit ha estat faltar a classe, i això no està bé –afegia la mare.

En Joanan coneixia de sobres els seus pares i sabia que no podria fer-los canviar d'opinió, perquè estaven convençuts que era l'abús de televisió el que li feia inventar-se totes aquestes coses. Després, va reflexionar un moment i es va adonar que la història que els havia explicat, que era la pura realitat, resultava difícil de creure.

"Aquestes coses no solen passar", es va dir. I va arribar a la conclusió que a ell mateix li semblaria molt difícil de creure si algú li expliqués una cosa semblant.

Però com que estava completament convençut del que deia, perquè el que havia passat la tarda anterior no era un somni ni una invenció, va pensar que l'últim que podia fer era quedar-se amb els braços plegats. Alguna cosa dins seu li deia que en Víctor i la Mari Pepa estaven en perill. Havia d'ajudar-los com fos, i ni els seus pares ho podrien impedir.

En aquell moment li hauria agradat convertir-se en un dels superherois dels còmics que tant li agradava llegir. Però ell no tenia poders, ni vestits especials, ni força sobrehumana... Només era un nen de deu anys, això sí, a punt de fer-ne onze. Un nen vigilat constantment pels seus pares perquè no tornés a escapar-se de casa.

Però a mitja tarda va passar una cosa inesperada.

Va sonar el timbre de la porta. La mare estava ocupada i va dir al pare:

—Obre tu.

Però el pare també estava ocupat. Per això, va cridar:

—Joanan, obre tu.

En Joanan va obeir immediatament i va recórrer el llarg passadís de casa seva fins que va arribar a la porta. La va obrir amb decisió i es va quedar bocabadat en veure al replà un home i una dona. Els va reconèixer immediatament.

Es va sentir la veu del pare.

—Joanan, qui és?

I també la de la mare.

—Joanan, qui és?

En Joanan va convidar l'home i la dona a entrar. Es va fixar que tots dos tenien els ulls vermells de plorar i feien moltes ulleres. El miraven fixament i semblava que volien dir-li moltes coses; no obstant això, alguna cosa els impedia arrencar.

Els pares d'en Joanan van aparèixer alhora pel passadís.

—Són els pares de la Mari Pepa –es va limitar a dir el nen, assenyalant els nouvinguts.

Hi va haver un silenci tens, semblava que ningú sabia el que havia de dir. Després, potser per trencar aquell moment enutjós, el pare d'en Joanan va improvisar unes presentacions:

—Em dic Joan i ella és l'Antònia.

—Jo sóc en Pep i ella, la Maria.

A en Joanan li va semblar graciós comprovar que els seus pares no eren els únics que havien fet servir els seus noms per crear el dels seus fills.

Primer es volien donar les mans, però van acabar fent-se petons. Llavors l'Antònia els va assenyalar el menjador de la casa perquè hi entressin i un sofà perquè s'asseguessin.

—Sentim molt això de la vostra filla –va començar a parlar en Joan–. Però abans de seguir endavant vull que sapigueu que el que ha dit el meu fill és pura fantasia. Té una imaginació desbordant i es passa les hores enganxat al televisor i, llavors..., passa el que passa.

—Hem vingut perquè estem desesperats –va dir la Maria–. No sabem què fer ni on anar i pensàvem que ell...

—El seu pare i jo estem segurs que serà un artista quan sigui gran, però ara es passa la vida als núvols –va intervenir l'Antònia.

—Heu d'entendre que vulguem jugar-nos l'última carta –va continuar en Pep–. Només volíem parlar un moment amb el vostre fill, preguntar-li algunes coses sobre la Mari Pepa.

De sobte, en Joanan es va adonar que tenia una oportunitat única per demostrar que aquesta vegada no s'havia inventat res, i l'ocasió la tenia gràcies a la visita dels pares de la Mari Pepa. Decidit, es va posar davant seu i, sense deixar de mirar-los ni un moment, els va explicar tot el que havia passat la tarda anterior, des que al tauler d'anuncis de l'escola havia llegit el paper que havia escrit la Mari Pepa.

La Maria i en Pep l'escoltaven amb molta atenció, sense perdre detall. Només en algun moment van intercanviar una curta mirada. Quan en Joanan va acabar el seu relat, la Maria es va eixugar les llàgrimes amb el mocador abans de parlar:

—Està dient la veritat. Alguna cosa dins meu em diu que no menteix.

En Joanan va somriure satisfet. Almenys havia aconseguit convèncer la mare de la Mari Pepa.

En Joan i l'Antònia es van mirar una estona, interrogant-se en silenci sobre el que havien de fer. Aquesta vegada a ells també els havia corprès el relat del seu fill i estaven segurs que no podia haver mentit, sobretot perquè mentre parlava no havia deixat de mirar els ulls dels pares d'aquella nena. De sobte, en Joan no va poder evitar fer un comentari en veu alta, com una pregunta que no espera ser resposta:

—I si diu la veritat...?

—Cal desemmascarar aquest carnisser d'en Dani Ogre –en Pep tampoc no en tenia cap dubte.

En Joanan va esbufegar quan va comprovar que les seves paraules començaven a fer efecte en els altres i deixaven de retreure-li que només fos un nen fantasiós.

—Però què podem fer? –es preguntava la Maria.

—Anar aquesta nit al seu programa –va dir com si res en Joanan.

—No tenim invitacions i, a més, ens reconeixerien i ens impedirien entrar-hi –va comentar en Pep–. Ja ens han fet diverses entrevistes a la tele.

—Hi anirem de totes maneres –va dir la Maria.

—Organitzarem un escàndol si cal perquè la policia hi intervingui –va afegir en Pep.

En Joanan estava emocionat veient la resolució i valentia dels pares de la Mari Pepa. Va pensar que eren meravellosos. S'hi va acostar i decidit els va dir:

—Jo vindré amb vosaltres.

—Hi anirem tots junts –va dir llavors l'Antònia.

—Així els resultarà més difícil callar –va reblar en Joan.

I en Joanan va constatar una cosa que ja sabia, que els seus pares eren igual de valents i meravellosos que els de la Mari Pepa.

No van perdre ni un segon. En Joan va oferir el seu cotxe i els altres el van esperar a la vorera fins que el va treure del garatge. Els estudis de gravació d'en Dani Ogre eren coneguts, perquè ben sovint se'n parlava als mitjans de comunicació. Això sí, eren als afores de la ciutat, per això, i per l'hora punta de la tarda, van tardar una bona estona a arribar-hi.

En Joanan s'emocionava de sentir parlar els seus pares amb els de la Mari Pepa, a qui no deixaven de donar ànims i esperança. Va pensar que quan tot s'acabés podrien ser amics, de la mateixa manera com ell pensava ser amic de la Mari Pepa. Seria molt bonic. La llàstima és que en Víctor no tingués pares, encara que això no seria un inconvenient per a la seva amistat.

A mesura que s'hi acostaven es posava cada cop més nerviós i notava que als grans els passava el mateix. Va pensar que, en el fons, els nens i els grans no són gaire diferents, excepte per la mida, perquè es preocupaven i s'emocionaven per les mateixes coses.

Van aparcar el cotxe als voltants de l'edifici dels estudis de gravació, que estava molt il·luminat, i en el qual destacava un retrat enorme d'en Dani Ogre, penjat sobre una de les façanes. A en Joanan li van inquietar els seus ulls, que semblava que miraven des de tots els angles, i les seves dents, tan grans i perfectes com artificials.

Es van acostar plegats cap a les portes d'accés, on hi havia un grup de persones. Era la gent que assistiria en directe al programa i que diversos vigilants de seguretat ordenaven per facilitar l'entrada. En veu alta, un d'ells repetia que era imprescindible que mostressin la invitació.

En Joanan, els seus pares i els de la Mari Pepa s'hi van acostar i es van posar a la cua, com uns convidats més. I quan van obrir les portes i la gent va començar a entrar, ells van avançar en ordre fins que van ser al davant de dos fornits vigilants de seguretat.

—On són les vostres invitacions? –els va preguntar el vigilant.

—No en tenim –va respondre en Pep.

—Doncs no podeu passar.

Llavors van posar en marxa el pla que havien estat pensant durant el trajecte i van començar a forcejar amb els vigilants per intentar passar, alhora que cridaven dient que eren els pares de la Mari Pepa, la nena desapareguda, i que estaven segurs que en Dani Ogre la tenia segrestada.

Els dos vigilants de seguretat van demanar reforços i, a l'instant, van venir-ne més, que van formar una autèntica muralla davant la porta. Però ells ja havien aconseguit el seu objectiu, perquè la gent els havia reconegut i l'enrenou era majúscul. Els crits anaven en augment i totes les persones que eren al costat de la porta, que eren moltes, sense adonar-se van anar formant dos bàndols: les unes es posaven a favor d'en Dani Ogre, rebutjaven la seva presència i els acusaven d'insensats; i els altres els donaven suport i pretenien que els deixessin entrar encara que no portessin invitacions.

Això va fer que l'escàndol, lluny de disminuir, anés en augment. Eren tan grans els crits que van arribar fins a dins i va poder sentir-los el mateix Dani Ogre, que era a la sala de perruqueria arreglant-se els cabells i tallant-se els pèls del nas.

A mig pentinar es va dirigir a la porta d'entrada i es va interessar pel motiu d'aquells crits. Un dels vigilants de seguretat li va explicar els fets i ell, lluny de preocupar-se, va sentir un goig enorme.

—No hi ha dubte, aquesta nit batré tots els rècords d'audiència –va dir, i va ordenar que un equip mòbil enregistrés els incidents per emetre'ls durant el tele-notícies, minuts abans del seu programa.

El vigilant, malgrat tot, es mostrava preocupat.

—Això se'ns en pot anar de les mans –li va dir a en Dani Ogre–. Hauríem de trucar a la policia.

—I tant! La policia! –va exclamar en Dani Ogre, i la seva rialla va retrunyir al vestíbul de l'edifici–. La policia contribuirà també a augmentar el nombre de teleespectadors! Que vingui la policia! I enregistreu-ho tot! Aquesta nit batrem tots els rècords d'audiència!

En Dani Ogre no parava de riure i els seus ulls, excessivament oberts, desorbitats, descobrien un home completament cegat per l'ambició i el poder.

Només uns minuts després van arribar al lloc diversos cotxes de la policia, amb tot de sirenes i llums. Diversos agents van baixar a tota velocitat i van córrer cap a la porta per posar ordre. L'enrenou va créixer i la confusió es va fer general. Tothom cridava, encara que ningú sabia exactament què fer.

En Joanan, de sobte, es va veure separat dels seus pares i dels de la Mari Pepa i, curiosament, es va trobar a l'altre costat de la barrera de seguretat que formaven els vigilants, pràcticament dins l'edifici. Només va dubtar una fracció de segon, perquè immediatament, decidit, va arrencar a córrer i es va introduir als estudis de gravació. Ningú no se n'havia adonat.

Diverses càmeres enregistraven els incidents de la porta. Serien la notícia amb què obriria el telenotícies, per davant de la informació nacional i internacional i, fins i tot, per davant de la crònica de l'entrenament, massatge i berenar de l'equip de futbol que ocupava el primer lloc de la Lliga.

13 El xou

La Mari Pepa s'havia passat tota la tarda sola, pensant que mai no havia viscut una situació tan trista i desesperada com aquella. I el pitjor no eren les hores de la tarda, que transcorrien lentes, parsimonioses, sinó el que podia venir a continuació: una existència plena de tristesa, privada de la seva família, dels seus amics, dels seus veïns, de la seva ciutat, del seu país, dels seus costums, del seu idioma...

Intentava trobar una solució, però de seguida s'adonava que li resultava impossible fer res, per insignificant que fos. Estava a mercè d'un home malvat, sense escrúpols, al qual, a sobre, seguien milions de teleespectadors cada setmana. La seva paraula era dogma de fe per a molta gent. Contra això no hi podia fer res de res.

Va tenir la sensació que la seva vida i, per consegüent, la seva esperança ja no eren a les seves mans, sinó que depenia dels altres. Per això, només li quedava confiar en els altres i, sobretot, en els seus pares, que no es rendirien mai i que lluitarien per ella fins al final. En les seves penoses circumstàncies això era el que tenia més clar.

L'homenàs va entrar un parell de vegades a l'habitació, les dues per portar-li una mica de menjar.

Semblava que aquesta era la seva única missió. Les dues vegades ella li va fer algunes preguntes, però ell ni tan sols va respondre. Es limitava a fer una ullada al seu voltant, per assegurar-se que tot estava en ordre, i a deixar el menjar sobre una taula.

La Mari Pepa va arribar a pensar que en realitat aquell home no era un ésser humà, sinó una mena de robot fabricat per en Dani Ogre, que obeïa les ordres del seu amo sense pensar, sense parlar, sense plantejar-se si estava bé o malament el que feia. Dins el seu cossot no hi havia lloc per als sentiments.

La televisió havia estat encesa tota l'estona. De tant en tant s'emetien avanços d'*El xou d'en Dani Ogre*. Era evident que era el programa estrella del dia, potser de la setmana, potser de la cadena sencera. Sempre apareixia en imatge el rostre del presentador, somrient, segur, una mica arrogant, subjugador.

La Mari Pepa, de bona gana, hauria apagat aquell televisor, perquè patia només d'escoltar una vegada i una altra el nom d'en Dani Ogre. Però sabia que apagar l'aparell no significaria alliberar-se d'aquell home tan malvat. A més a més, desitjava veure en Víctor, com si confiés encara que podria fer-se enrere en l'últim segon i negar-se a sortir.

Recordava que el plató era al mateix edifici on ella es trobava presonera, la qual cosa significava que tot allò que s'estava preparant passava a pocs metres de distància. No obstant això, no li arribava cap soroll, cap senyal, cap indici. Segurament l'espai que s'utilitzava per enregistrar el programa estava insonoritzat. Per això ella no podia sentir res.

Després de l'enrenou de la porta, en Joanan no havia tingut dificultat per entrar a dins de l'edifici. Durant uns minuts va estar caminant darrere de les persones que ja havien entrat i que se suposava que anaven a acomodar-se a les grades del plató, per ressaltar el directe del programa i per fer el que una mena de mestre de cerimònies els manés: aplaudir, cridar, riure, plorar... Tot el que cal per donar relleu al programa i aconseguir que els espectadors s'hi sentissin completament enganxats.

Com sospitaven, van arribar al plató i allà un parell de senyoretes uniformades els van distribuir pels seients de la graderia. Va ser llavors quan en Joanan va comprendre que seria perillós col·locar-se en aquell lloc, com un espectador més, perquè en Dani Ogre ja coneixia la seva cara i podria descobrir-lo. Per això, es va apartar dissimuladament i, després de buscar un lloc per amagar-se, va decidir fer-ho de la manera més simple: a dins d'una caixa de cartró, que estava arraconada al costat d'altres caixes buides. Un cop a dins, amb cura, va fer un forat en un dels laterals, per poder observar el que passava al seu voltant.

Dins aquella caixa, arrupit, la seva emoció creixia sense aturar, com la seva impaciència. De tant en tant mirava el rellotge i calculava el temps que faltava per al començament del programa. Comptava els segons. Des del seu amagatall va poder veure com va continuar entrant gent, que s'anava col·locant a les grades fins que es van omplir. Algú va demanar silenci per un megàfon i tothom va obeir. La tensió creixia sense aturar. En Joanan no apartava els ulls del forat que havia fet al cartró.

De sobte, va poder distingir un grup de persones que es van aturar a pocs metres d'on era. El del centre, el que acaparava tota l'atenció, era el mateix Dani Ogre. El seu cor es va accelerar fins i tot més. El presentador donava instruccions sobre el programa i, en veure'l gesticular, no va tenir cap dubte que era ell qui manava.

Però, de sobte, en Joanan va veure algú més i va estar a punt de perdre els nervis. Es tractava d'en Víctor, que s'estava sense dir res tota l'estona, aliè, amb aquell gest d'indiferència que sabia posar tan bé. Va haver de contenir-se per no cridar, per no dir-li que era allà, al seu costat. Afortunadament el sentit comú va fer que es contingués.

Quan es va sentir a tot el plató la sintonia estrident del programa, el grup es va posar a caminar i en Joanan els va perdre de vista. Llavors es va dir que havia de fer alguna cosa, encara que no sabia què. Va pensar que primer havia de sortir de l'amagatall i acostar-se sense ser vist fins al plató. Potser les grades li servirien de protecció i d'inspiració.

El va ajudar el fet que el programa estigués a punt de començar i que tothom en aquell lloc estigués pendent que no fallés res. Per això, va poder lliscar amb sigil fora de la caixa i, caminant de puntetes, evitant els llocs més concorreguts, va arribar a la part posterior de les grades; allà es va amagar darrere d'unes cortines. Podia veure l'escenari entre els graons, entre les cames de dues senyores i les seves grans bosses de mà, que havien deixat a terra.

La Mari Pepa va veure com a l'hora anunciada, just després de l'informatiu de la nit, en el moment de màxima audiència, després d'una bateria d'anuncis, va semblar que la pantalla del televisor s'omplia de focs d'artifici, de colors desmesurats. La música era pesada. Per una escalinata, flanquejat per dues noies de gran bellesa, va fer la seva aparició el famosíssim Dani Ogre, saludant la gent que hi havia al plató.

De seguida en Dani Ogre va avançar els temes principals que tractaria i va fer insistència en dos: *La tragèdia d'en Ve, un nen sense ningú al món*, i *El drama de la Mari Pepa, la nena desapareguda.* Sens dubte, el personatge estrella d'aquella nit era en Ve, és a dir, en Víctor, i a ell li tocava l'honor d'obrir el programa.

En Dani Ogre es va asseure en una butaca que semblava un tron d'un rei megalòman i despòtic i va dir, engolant la veu:

—I ara, senyores i senyors, rebem amb un fort aplaudiment en Ve, el nen sense ningú al món.

Es va sentir una ovació eixordadora i en Víctor va fer la seva aparició al plató. Li havien fet posar un vestit impropi de la seva edat, que li donava un aire una mica ridícul. El mateix passava amb els cabells, massa engominats i amb una ratlla ben marcada, de pentinat antic. Caminava lentament, insegur.

La cara no se li veia amb claredat, perquè l'havien difuminat expressament amb un cercle superposat, que es movia sempre al compàs dels seus moviments de cap. Com va assegurar el presentador amb èmfasi, havia pres aquella mesura *per respecte a la infància desvalguda i per preservar el dret a la intimitat d'en Ve.*

En Dani Ogre el va rebre amb una encaixada de mans i el va convidar a asseure's al seu costat. Després, va abaixar la intensitat de la llum i la música estrident va ser substituïda per un malenconiós i agut solo de violí.

Sense perdre ni un segon, el presentador va començar a explicar *la vida d'en Ve. La vida d'en Ve!* Ho va repetir tres vegades, com si pensés que encara podia quedar algun teleespectador que no ho hagués sentit. I així, una tragèdia venia al darrere d'una altra, i una altra, i una altra més. A més de les que en Víctor havia hagut de viure de debò, que no eren poques, n'hi va afegir encara de pitjors, plenes de crueltat i de violència, en les quals ell sempre era la víctima innocent: pallisses, extorsions, abusos deshonestos, explotació, xantatge, abandons successius, més pallisses... De tant en tant, aturava el seu relat, s'adreçava a en Víctor i li preguntava:

—*És veritat això que explico?*

—*Sí.*

Una càmera va començar a simultaniejar plans del públic assistent. Moltes persones, vivament impressionades per aquell *testimoni* –paraula que el presentador repetia ben sovint– havien començat a plorar. Tot estava sortint com en Dani Ogre havia planejat.

La Mari Pepa també plorava, encara que per un motiu ben diferent. En Víctor li feia llàstima, però la vida futura, no la passada.

Fins a l'últim moment havia tingut l'esperança que en Víctor es negaria a participar en el programa i deixaria plantat en Dani Ogre, sense la seva exclusiva. El seu avi, encara que fos mort, se'n sentiria orgullós. A més, així tornarien a tancar-lo en aquella habitació i, almenys, no estaria tan sola.

No obstant això, en Víctor s'estava prestant a tot. Havia deixat que el vestissin com un bufó i assentia una vegada i una altra als requeriments del presentador. Però en Dani Ogre no en tenia prou d'explicar la vida *adornada* d'en Víctor, sinó que també volia que parlés ell. Sabia que el *testimoni* directe del nen seria una arma infal·lible per fer créixer encara més l'audiència. Ningú pot resistir-se al *testimoni* punyent d'un nen.

Per això, en Dani Ogre va començar a fer preguntes a en Víctor. I el noi, com si portés la lliçó ben apresa, responia amb una veu monòtona i trista, que posava la pell de gallina a tots els teleespectadors. La Mari Pepa va imaginar que milers de persones, milions potser, devien estar plorant a casa seva davant del televisor, plorant desconsoladament davant d'un muntatge, una gran mentida ordida per algú que no podia ser anomenat ni entabanador, sinó, en el millor dels casos, delinqüent.

Llavors va apagar el televisor, perquè el que veia no feia més que causar-li mal, moltíssim mal. Ni tan sols li venia de gust saber el que aquell home malvat diria d'ella quan hagués acabat amb en Víctor. No volia sentir el seu nom en aquell programa, no volia veure plorar el públic quan en Dani Ogre s'inventés una altra falòrnia sobre ella.

Aferrat a un dels taulons de la graderia, on clavava les dents amb ràbia, en Joanan sentia tanta indignació com la Mari Pepa. Es preguntava com era possible que aquell presentador digués tantes mentides juntes sense que en Víctor reaccionés. Va entendre que tingués por i que potser se sentís molt sol. Llavors va pensar que el millor que podia fer en aquell moment era demostrar-li que no estava sol, que ell li feia costat, i la Mari Pepa també, encara que la tinguessin segrestada en algun lloc.

En Joanan no recordava haver fet en la vida una cosa amb tanta determinació. Es va enfilar per l'estructura metàl·lica de la graderia i va pujar fins al punt més alt. Va superar una mena de barana i es va veure dominant tot el plató. Algunes persones se'l miraven, i es preguntaven d'on havia sortit. Però abans que ningú pogués reaccionar, adreçant-se a en Víctor, va cridar amb totes les forces:

—Sóc del Club dels Tocats de l'Ala! Sóc del Club dels Tocats de l'Ala!

Tothom va sentir els seus crits, fins i tot els milions de teleespectadors del programa, perquè els micròfons d'ambient els van recollir amb claredat.

En Víctor es va posar dret i va buscar en Joanan amb la mirada. El va trobar sense dificultat, perquè no parava de cridar.

—Sóc del Club dels Tocats de l'Ala!

Tot va passar molt de pressa. Dos vigilants de seguretat van agafar en Joanan i el van treure corrents del plató. En Dani Ogre es va refer a l'instant de l'incident, que va resoldre amb la coneguda frase: *El directe té aquestes coses.* I immediatament va tractar de reprendre el programa.

El rostre d'en Víctor, no obstant això, havia canviat. La seva expressió ja no era aliena, indiferent. Havia començat a somriure amb una facilitat que a ell mateix el va sorprendre. Per dins sentia una emoció que havia cregut perduda per sempre. Pensava en en Joanan. Pensava en la Mari Pepa. El Club dels Tocats de l'Ala. El seu somriure es va fer més i més gran.

En Dani Ogre el mirava una mica sorprès per aquella reacció. Li va fer una altra pregunta:

—*Llavors, estimat Ve, et sents gaire sol al món?*

—*Des de fa un moment, no.*

La resposta d'en Víctor havia desconcertat el famós presentador perquè no era al guió. El noi no semblava disposat a callar i, sense donar treva a en Dani Ogre, va continuar parlant:

—Des de fa un moment pertanyo al mateix club que en Joanan, aquest nen que ha cridat i que s'han endut els seus esbirros, i la Mari Pepa, la nena que vostè té segrestada al soterrani d'aquest edifici.

Es va sentir un enrenou enorme entre el públic. Les càmeres no sabien on enfocar i tan bon punt apareixia un pla d'en Víctor somrient, com un altre del públic, o d'en Dani Ogre amb el rostre descompost.

—Talleu!

Justo després del crit d'en Dani Ogre, es va tallar l'emissió. Però les paraules d'en Víctor ja les havien sentit milions de persones a tot el país, que per alguna cosa *El xou d'en Dani Ogre* era líder d'audiència. I com l'efecte dòmino, les reaccions es produïen en cadena.

Al cap d'uns minuts van arribar als estudis de gravació més cotxes de la policia, no per posar ordre, sinó per buscar i detenir el presentador més famós de la televisió.

Aliena a tot l'enrenou, la Mari Pepa s'havia deixat caure sobre la superfície tova del sofà i plorava imaginant que en seria, d'ella. Res no li feia tant de mal com que la separessin dels seus pares, dels seus amics, del seu país. També li feia mal pensar que no tornaria a veure en Víctor. Aquell noi li agradava, malgrat que amb prou feines només havien estat plegats dos dies. Entenia la seva por i la seva actitud i es lamentava de no poder-lo ajudar. El Club dels Tocats de l'Ala es quedaria només en un bonic somni irrealitzable.

Al cap de mitja hora alguna cosa la va sobresaltar. Van començar a sentir-se sorolls a l'altre costat de la porta. El so arribava difús, perquè la porta era molt grossa i massissa. Semblaven veus, però no podia distingir el que deien. Es va acostar a la porta, va enganxar-hi l'orella i va escoltar atentament. Va poder distingir algunes paraules:

On és la clau?

Si no apareix l'haurem de tirar a terra.

Uns cops la van espantar i va retrocedir un altre cop fins al sofà. No entenia res, però va pensar que potser eren uns camarades d'en Dani Ogre, que venien per endur-se-la ben lluny.

La seva preocupació augmentava sense parar, i això feia que la seva angoixa es fes més gran. Es tornava pessimista i pensava que ja res ni ningú no podrien salvar-la. Això li feia entendre una mica en Víctor, perquè s'adonava que ell havia passat abans per una situació semblant a la seva.

Va pensar en els seus pares. On devien ser? Segur que no havien deixat de buscar-la ni un sol segon, segur que devien haver vessat rius de llàgrimes per ella.

De vegades tenia la sensació que el temps s'havia aturat i es mirava el rellotge per comprovar que no era així. Després de tot el que havia passat, ja res no li semblava estrany.

Llavors va recordar com havia començat tot, quan va decidir col·locar aquell cartell al tauler d'anuncis de l'escola. Pensava que, després de tot el que havia passat, mai més no tornaria a necessitar recórrer a una cosa així. Tenia la certesa de saber perfectament qui era i a quin lloc del món pertanyia.

La Mari Pepa Gràcia Peris, amb la pell groga i els ulls petits i esquinçats, amb els cabells negres i llisos, amb el somriure de ratolí. Filla de la Maria i en Pep, que adorava. Amb això ja ho havia dit tot.

De sobte, un cop eixordador la va espantar i va interrompre les seves cavil·lacions. La porta es va obrir de bat a bat i al llindar va aparèixer un policia d'aquests que surten a les pel·lícules, alt, fornit, amb botes altes, un cinturó de cuir negre ajustat ben ample i un casc que li tapava el cap. A les mans enguantades hi tenia la maça amb què acabava de destrossar el pany.

—Et trobes bé? –va preguntar.

La Mari Pepa, encara no recuperada de la impressió, es va limitar a fer que sí amb el cap.

—Ja s'ha acabat tot, tranquil·la –li va somriure el policia, aixecant-se la pantalla del casc que li protegia la cara.

Van entrar dos policies d'uniforme més i algunes persones de paisà. Tots preguntaven a la Mari Pepa que si es trobava bé. Ella no es cansava de repetir que sí. A la porta va començar a aplegar-se un nombrós grup de gent, la majoria amb una càmera encesa. Volien enregistrar el moment i tractaven de trencar la barrera que diversos policies havien format.

De sobte, gairebé arrossegant-se, entre aquella gentada es van obrir pas dos nois, que van entrar decidits a l'habitació. Quan els va veure, a la Mari Pepa el cor li va fer un bot i se'n va anar de dret cap a ells. Poques vegades a la vida havia sentit una emoció comparable. Tenia ganes d'abraçar-los, d'omplir-los de petons; però no es va atrevir a fer ni una cosa ni l'altra.

—Els teus pares i els meus són a la porta –en Joanan va voler donar-li algunes explicacions.

La Mari Pepa plorava i plorava, alhora que, amb una mica de ràbia, es repetia per dins:

"Xinesa ploramiques!"

Llavors va mirar d'imaginar el que havia passat i, sense que ningú no li digués res, va entendre que havia estat en Víctor qui finalment havia desemmascarat en Dani Ogre. El va mirar als ulls.

—Gràcies –li va dir.

—De res –en Víctor va encongir les espatlles, en un gest molt seu.

—El teu avi s'hauria sentit orgullós de tu.

—No pensava en el meu avi quan ho he dit.

—En què pensaves?

—Que em venia molt de gust formar part del Club...

—... dels Cors Solitaris –va voler completar la frase la Mari Pepa.

—Dels Tocats de l'Ala! –la va corregir immediatament en Víctor.

—No et dónes per vençut?

—No.

—Doncs haurem de fer una votació.

—La farem.

I tots tres es van posar a riure.

Entre el sarau incessant, de molt lluny, gairebé tapada per cridòria de la gent que s'aplegava al costat de la porta, la Mari Pepa va sentir la veu inconfusible dels seus pares. Eren ells. N'estava segura. I a més l'estaven cridant ben fort. La devien estar buscant desesperadament enmig d'aquell rebombori.

Amb decisió va agafar-se de la mà d'en Víctor i d'en Joanan i els va estirar amb força. A empentes, es van obrir pas entre la gent i van sortir de l'habitació a batzegades.

—Segur que els meus pares et cauen bé –va dir a en Víctor–. Són... genials! I segur que tu els caus bé a ells, ets... magnífic!

Van arrencar a córrer pel passadís, entre centenars de flaixos que es disparaven frenètics i encegadors, perseguits de prop per una multitud vociferant, armada amb càmeres de tota mena, amb micròfons, amb petites gravadores, amb telèfons mòbils d'última generació i amb altres artefactes estranys.

De sobte, van veure en Dani Ogre, emmanillat i escortat per diversos policies. Malgrat la seva situació tan compromesa, semblava l'home més feliç del món. La seva dentadura tan blanca refulgia amb les llampades de les càmeres, que es disparaven sense parar, i les seves riallades histèriques ressonaven pels passadissos.

—He polvoritzat tots els rècords d'audiència! Jo, en Dani Ogre, sóc el millor! Ningú no m'iguala!

Encara que ja se n'havien alliberat, als tres nens aquell presentador embogit els va fer més por que mai, per això van córrer més de pressa.

Els pares de la Mari Pepa i d'en Joanan seguien plegats, buscant i cridant els seus fills. En Joanan es va deixar anar i es va fondre en una abraçada amb els seus.

La Mari Pepa va fer el mateix, però amb la particularitat: no va deixar anar en Víctor. Va tornar a sentir tota l'escalfor i tot l'afecte dels seus pares. Els petons, banyats per les llàgrimes, eren salats; però a ella li van semblar molt dolços, els més dolços del món. Era el millor senyal que tot tornava a ser com abans. Ja no en tenia cap dubte: la Mari Pepa tornava a ser al lloc del món que li corresponia.

Quan els braços van començar a perdre tensió i l'abraçada es va anar afluixant, es va adonar que en Víctor en formava part. No l'havia deixat anar en cap moment.

—Ell és en Víctor –es va limitar a dir–. A en Joanan em sembla que ja el coneixeu.

Tots junts, formant una pinya, van girar-se d'esquena al xou, que en aquesta ocasió no era el del famós Dani Ogre, i van marxar a casa.